YOUNG AGENTS
NEW GENERATION 2

ANDREAS SCHLÜTER

YOUNG NEW GENERATION AGENTS

Nur noch 48 Stunden

BAND 2

EDEL KIDS BOOKS

Young Agents – New Generation
Nur noch 48 Stunden
Band 2
ISBN 978-3-96129-189-2

Edel Kids Books
Ein Verlag der Edel Verlagsgruppe der Edel Germany GmbH

Neumühlen 17, 22763 Hamburg
www.edel.com

1. Auflage 2021

Text: Andreas Schlüter
Coverillustration: Max Meinzold
Umschlaggestaltung: Antje Warnecke, www.nordendesign.de
unter Verwendung von Illustration und Gestaltung von
© Max Meinzold
Lektorat: Sarah Heidelberger
Layout und Satz: Uhl + Massopust, Aalen
Herstellung: Frank Jansen
Druck und Bindung: GGP Media GmbH, Pößneck

Printed in Germany

INHALT

SCHON WIEDER EIN EINBRUCH

Pst! Wegducken! Nicht bewegen! Für einen Moment den Atem anhalten!

Langsam schreitet der Polizist an uns vorbei.

Keine Gefahr mehr. Er sieht uns nicht. Das würde er vermutlich nicht einmal, wenn er direkt zu uns blicken würde. Aber auch das tut er nicht, denn dazu müsste er hochschauen.

Billy und ich sitzen vier Meter über der Straße hoch oben im dichten Geäst einer Kastanie. Wir tragen schwarze Overalls, die das Licht der Straßenlaterne eher verschlucken, statt es zu reflektieren. Billy hat sich zudem noch sein Gesicht mit schwarzbrauner Tarnfarbe eingeschmiert. Ich habe darauf verzichtet. Meine Haut ist dunkel genug, die leuchtet nachts im Lampenlicht nicht wie Billys bleiches Gesicht.

Durch mein Nachtsichtgerät habe ich das Haus im Blick. Es ist wie befürchtet gut abgeschirmt und bewacht. Vor der Toreinfahrt steht ein »Bully« von der Polizei. Darin sitzt ein Beamter und trinkt ein Heißgetränk aus seiner Thermoskanne und isst eine »Stulle« dazu. Trotz meiner großen Anspannung muss ich kurz über die Begriffe schmunzeln. Billy hat sie mir beigebracht. Ich bin noch nicht sehr lange in Deutschland, erst eineinhalb Jahre. Ich kam zufällig zu Billy in die Klasse und hab mich schnell mit ihm angefreundet, obwohl er mir von Beginn an etwas seltsam vorkam. Bis ich herausbekam, dass er ein echter junger Agent ist: ein YOUNG AGENT. Ein Dreivierteljahr später gehörte ich auch dazu. Nicht nur dadurch habe ich sehr schnell Deutsch gelernt, sondern auch durch meine Eltern, die hier in Hamburg im ghanaischen Konsulat tätig sind. Früher waren sie selbst einmal Agenten, weshalb sie damit einverstanden waren, dass ich ebenfalls eine Agentin wurde. Aber diese lustigen Begriffe »Bully« für einen VW-Bus und »Stulle« für ein Butterbrot kannten sie auch nicht.

»Da rührt sich etwas.« Billy tippt mich an.

Ich schaue weiter durch mein Nachtsichtgerät und sehe einen Polizeibeamten mit einer Taschenlampe seinen Rundgang durch den Garten ums Haus machen.

»22:15 Uhr. Pünktlich wie jeden Abend macht er seine Runde. Um 22:20 Uhr wird er seinen Kollegen im Bus ablösen«, fasst Billy unsere Beobachtungen der vergangenen drei Tage zusammen. So lange haben wir das Haus bereits im Blick. Natürlich im Schichtdienst: Naomi und Balu, Charles und Tim, Billy und ich, Abena.

Sechs YOUNG AGENTS sind wir. Gemeinsam haben wir unseren letzten Fall gelöst, und auch jetzt sind wir alle sechs wieder zu diesem Fall zusammengerufen worden. Deshalb ist Naomi noch nicht nach Hause, nach Paris, und Charles nicht zurück nach London gefahren. Die beiden wohnen hier in Hamburg zusammen in einer Agentenwohnung, gemeinsam mit Balu, der vor Kurzem aus Mumbai, Indien, nach Deutschland gekommen ist. Ebenso wie Tim aus München.

Tim, Balu und ich gehören zu den drei sogenannten *neuen* YOUNG AGENTS. Wir sind die *New Generation,* sozusagen.

Im Augenblick sind wir alle sechs im Einsatz. Denn die Auswertung unserer Observationen hat ergeben, dass jetzt der günstigste Zeitpunkt für unser Vorhaben ist.

Billy und ich hocken in der Kastanie.

Naomi sitzt in der Drohne, die aber noch am Boden steht.

Charles wird gleich sein Ablenkungsmanöver starten.

Tim drückt sich gegen die Hauswand unseres Zielobjekts und ist einstiegsbereit.

Und Balu sitzt wie immer in der Agentenwohnung am Computer und koordiniert uns alle über sein Netzwerk.

»Da!« Wieder tippt Billy mich an. »Tim gibt uns ein Zeichen.«

In dem Haus, das wir observieren, wohnt Horst Kämmerer, zuständiger Strafrichter beim Hamburger Landgericht für den kurz vor dem Abschluss stehenden Prozess gegen die beiden Mafia-Gangster Thorsten Maffei und den »Boss«, die beide maßgeblich durch unsere Arbeit vor Gericht stehen. Es steht außer Frage, dass beide aufgrund der Vielzahl und der Schwere ihrer Verbrechen mehrfach lebenslänglich bekommen werden.

Eigentlich.

Es sei denn, den beiden fällt auf die letzte Minute noch eine Möglichkeit ein, ihren Kopf aus der Schlinge zu ziehen.

Der Geheimdienst glaubt, dass sie tatsächlich so ein Schlupfloch gefunden haben. Denn seit drei Tagen ist Sophie, die achtjährige Tochter des Richters, verschwunden!

Der Richter und seine Ehefrau behaupten, Sophie wäre mit ihren Großeltern aus Bayern zusammen verreist. Wandertour in den Bergen, derzeit unerreichbar.

Aber es sind gar keine Ferien!

Der Verdacht liegt nahe, dass das Mädchen entführt wurde und der Richter nun erpresst wird. Wenn seiner Tochter nichts zustoßen soll, muss er die beiden Gangster freisprechen. Natürlich darf der Richter niemandem etwas von der Entführung erzählen. Denn dann würde er abgesetzt und ausgetauscht werden, könnte niemanden freisprechen, und seiner Tochter würde etwas Schlimmes angetan.

Also hat der Prof uns losgeschickt, um herauszubekommen, wo die Tochter ist. Das heißt zunächst mal, ob sie wirklich entführt wurde. Solange diese Möglichkeit besteht, kann man den Richter nicht austauschen. Denn damit würde man vielleicht das Leben des Mädchens gefährden.

Jetzt sollen wir heimlich ins Haus einsteigen, nach Indizien suchen und auch Wanzen anbringen, um den Richter abzuhören. Leicht wird das nicht, denn das Grundstück steht aufgrund der Wichtigkeit des Prozesses durchgängig unter Polizeischutz.

Tim ist mit seinen 131,5 Zentimeter Körpergröße nur einen

Zentimeter zu groß, um offiziell als »kleinwüchsig« zu gelten. Das brachte ihm bei unserem letzten Fall aber den Vorteil, sich schnell in eine neue Einbruchsbande einschleusen zu können. Denn Tim kommt durch nahezu jedes Kellerfenster, gekippte Fenster, Türspalten und so weiter.

Auch jetzt müssen wir wieder einbrechen, um Informationen und Indizien über den Verbleib des Mädchens zu bekommen.

Tim ist vorausgegangen, um die Lage zu sondieren, hat sich hinten durch ein Loch im Gartenzaun geschlichen und vor wenigen Augenblicken die Hausfassade erreicht.

»Viel Glück!«, flüstert er mir über das Netzwerk zu, dann gibt er das allgemeine Startzeichen: »Die Luft ist rein. Es geht los!«

Noch einmal vergewissere ich mich: Ein Polizist sitzt im Bully, einer steht vor dem Tor, einer hat seinen Rundgang beendet und wacht vor der Haustür. Ein vierter, der eben noch an unserer Kastanie vorbeigegangen ist, verweilt noch einen Augenblick bei seinem Kollegen am Tor, bevor er in zwanzig Minuten erneut einen Rundgang außen ums Gelände herum machen wird. So lange habe ich Zeit, zu Tim am Haus zu kommen.

Ich klettere leise die Kastanie hinunter. Unten werde ich links am Grundstück entlanglaufen bis zum hinteren Zaun. Zur rechten Seite, auf der Höhe des übernächsten Nachbarn, wird sich jetzt Charles platziert haben. Und da höre ich es auch schon: Hundegebell. Das ist Charles, der das Kläffen eines großen Wachhundes über einen Bluetooth-Lautsprecher per Smartphone abspielt. Eine Minute genügt, um sämtliche Hunde in der Nachbarschaft zu einem ohrenbetäubenden Nachtkonzert einzuladen. Als Erstes stimmt der Hund des übernächsten Nachbarn in das Gekläffe ein. Wie von uns gewollt. Es ist natürlich kein Zufall, dass Charles sich genau diesen Standort ausgesucht hat.

Ein kleiner Pinscher von schräg gegenüber gibt sein Bestes, um mit den großen Hunden mitzuhalten. Und noch zwei weitere Hunde stimmen nun mit ein. Vier Hunde gibt es in der Straße, alle leben, von uns aus gesehen, rechts vom Richterhaus. Ein Zufall, den wir uns zunutze machen. Denn die Aufmerksamkeit aller, die jetzt noch wach sind oder nun gerade geweckt wurden, konzentriert sich auf die rechte Seite vom Richterhaus, während ich links am Grundstück entlanglaufe, durch das Loch im Zaun schlüpfe und bei Tim ankomme.

Der nickt mir wortlos zu. Aus seinem Rucksack hat er schon seine Harpune gezogen. Sie sieht nicht ganz so aus, wie man sie von Tauchern kennt, funktioniert aber nach dem gleichen Prinzip. Außerdem ist sie deutlich kürzer und schießt auch keinen Speer ab, sondern ein langes, äußerst festes Seil mit einem kleinen Wurfhaken vornedran, der sich oben im Balkongitter mit einem leisen Klirren festhakt.

Das Geräusch geht locker im Hundegebell unter. Tim prüft die Festigkeit des Seils, indem er mehrmals daran zieht.

Wieder nickt er mir zu. Ich muss zweimal hingucken, um das zu erkennen. Denn wir stehen im Schatten des Laternenscheins, und Tim hat sich, ebenso wie Billy, das helle Gesicht mit Tarnfarbe geschminkt. In unseren schwarzen Overalls und den schwarzen Handschuhen sind wir in dieser dunklen Ecke so gut wie unsichtbar. Tim geht voran und klettert am Seil die Fassade hinauf bis zum Balkon. Ich folge ihm dicht auf den Fersen. Vom Balkon geht Sophies Zimmer ab, das wir durchsuchen wollen.

Die Balkontür ist verschlossen. Doch das ist für uns kein Problem. Ich überlasse es Tim, sie zu öffnen, obwohl ich es auch gekonnt hätte. Aber Tim hat bei unserem letzten Einsatz viele praktische Erfahrungen im Einbrechen sammeln können, die uns jetzt sehr nützlich sind.

Ohne Probleme hebelt er die Tür auf.

Ich gebe mit einer Rotlichttaschenlampe das vereinbarte Signal an Billy, dass wir drinnen sind. Der beobachtet uns zwar aus der Kastanie heraus mit dem Nachtsichtgerät, aber das Haus steht schräg, sodass er nur halbwegs Einblick auf unseren Balkon hat. Natürlich könnte ich unseren aktuellen Status auch übers Netzwerk per Headset an alle durchgeben, aber Tim und ich wollen möglichst nicht sprechen, solange wir so nah am oder im Haus sind.

Tim und ich steigen also ins Zimmer ein, schließen die Balkontür hinter uns, damit sie von außen betrachtet nicht auffällt. Auch hier drinnen wollen wir kein Licht anmachen, nicht einmal mit Taschenlampen. Deshalb durchsuchen Tim und ich das Zimmer mit unseren Nachtsichtgeräten. Vor uns liegt ein – fast – normales Mädchenzimmer einer Achtjährigen.

Nur *fast* »normal«, denn man erkennt auf den ersten Blick, dass ihre Eltern viel Geld verdienen. In diesem Zimmer fehlt es an nichts, was ein achtjähriges Mädchen sich wünschen kann. Alles ist von bester, teurer Markenqualität. Nichts von diesem Billig-Plastikspielzeug, das man aus den Discountern oder Supermärkten kennt.

Außer einer Puppe, die auf dem Kinderbett liegt.

Da hätte ich eine teurere erwartet, vielleicht sogar ein Sammlerstück. Aber es scheint eine normale Kaufhauspuppe zu sein, wie man sie zu Tausenden kennt. Und dennoch, irgendetwas stört mich an dem Ding. Keine Ahnung, was es ist. Liegt es einfach daran, dass ihr Blick zufällig direkt auf mich gerichtet ist und ich mich dadurch beobachtet fühle? Das ist doch albern, mich durch eine Puppe observiert zu fühlen.

Tim bemerkt, wie sehr ich die Puppe anstarre, die er bis eben wohl noch gar nicht entdeckt hatte. Als er sie jetzt allerdings sieht, erschrickt er zunächst und legt den Zeigefinger auf seinen Mund. Dabei hatten wir uns ja ohnehin schon verständigt, nicht zu sprechen. Dann nimmt er die Puppe, untersucht sie, schaut sich um und entdeckt offenbar, wonach er gesucht hat. Sophies Smartphone!

In unserer Schulklasse sind die meisten zwölf oder 13 Jahre alt. Ein Drittel hat noch kein eigenes Handy. Von denen, die eines haben, besitzen wiederum nur die wenigsten ein teures iPhone. Aber hier liegt neben dem Bett eines achtjährigen Mädchens das neueste Modell, das bestimmt nicht unter achthundert Euro zu bekommen ist. Für mich ist klar: Wenn

Sophie wirklich mit ihren Großeltern im Urlaub wäre, wie ihr Vater behauptet, dann hätte sie das iPhone ganz gewiss nicht hier liegen gelassen. Wenn man so etwas besitzt, lässt man es doch nicht aus den Augen! Und das heißt: Wenn sie entführt wurde – und das steht für mich eigentlich fest –, dann nicht von unterwegs, sondern direkt aus diesem Haus heraus. Bestenfalls aus dem Garten, doch ich denke eher, direkt aus diesem Zimmer. Das iPhone ist für mich ein klares Indiz dafür.

Aber: Welchen Zusammenhang sieht Tim zwischen Handy und Puppe? Er zeigt mir an, dass ich sämtliche darauf gespeicherten Fotos, Chatverläufe, Kontaktlisten und Playlists auf mein Smartphone übertragen soll. Besonders eine App, die er mir zeigt. Ich habe noch nie von dieser Anwendung gehört und auch keine Ahnung, welchem Zweck sie dient, mache aber, was er mir sagt. Danach lege ich das iPhone exakt wieder so hin, wie es gelegen hat, und Tim legt ebenso sorgfältig die Puppe auf ihren Platz zurück.

Anschließend schauen wir beide uns weiter um. Auch die Möbel machen einen teuren Eindruck. Ein Schreibtisch mit einem eigenen MacBook, die teuerste Computermarke überhaupt. Dieses Modell ist erst seit einem halben Jahr auf dem Markt. Ich kenne mich mit solchen Sachen ganz gut aus. Meine Eltern arbeiten im diplomatischen Dienst. Deshalb gehören auch wir ganz gewiss nicht zum ärmeren Teil der Bevölkerung – weder hier in Deutschland noch in Ghana. Bei Tim sieht die Sache schon anders aus. Er ist in armen Verhältnissen und im Heim aufgewachsen. Selbst durchs Nachtsichtgerät meine ich zu erkennen, wie sehr er darüber staunt, dass es Kinderzimmer wie dieses überhaupt gibt.

Eigentlich genügt mir das schon an Indizien. Doch wir durchsuchen den Raum weiter.

Teure Kopfhörer liegen da noch. Und Sportschuhe neben dem Bett. Aber keine Hausschuhe oder so etwas. Für mich ein weiteres Zeichen, dass Sophie direkt aus diesem Haus entführt wurde. Ich öffne den zweitürigen Kleiderschrank und entdecke nach und nach alles, was man zum Wandern beziehungsweise in einen Urlaub in den Bergen mitnehmen würde: eine regenfeste Jacke, Wanderstiefel, sportliche Pullover, Sonnenbrille, ein Baseballcap, Handschuhe. Und sogar einen Rucksack. Auf dem Schreibtisch liegt eine Digicam. iPhone und Fotoapparat hiergelassen? Keine Fotos im Urlaub mit Oma und Opa?

Tim drückt die Leertaste auf dem Apple-Laptop. Es erscheint die Seite eines Schreibprogramms. Offenbar war Sophie gerade dabei, für den Unterricht so etwas wie eine Buchvorstellung vorzubereiten. Auf der Seite ist ein Buchcover abgebildet, ein Foto der Autorin, ein weiteres von Sophie mit dem Buch in der Hand und eine Überschrift: der Titel des Buches, darunter das mittendrin abgebrochene Wort »Portfo«. *Portfolio* sollte das wohl mal werden. Doch dazu kam Sophie nicht mehr. Mitten in den Hausaufgaben hat sie jemand von hier fortgezerrt.

Der Papierkorb ist umgekippt, einige Utensilien vom Schreibtisch liegen auf dem Boden verstreut. Ansonsten wirkt das

Zimmer recht ordentlich. Die Entführung ging vermutlich also schnell und schmerzlos. Die Eltern haben hier drinnen seitdem offenkundig nichts mehr angerührt.

Tim und ich nicken uns zu.

Wir haben genug gesehen und wissen Bescheid: Sophie ist entführt worden. Kein Zweifel. Anhand der Sicherungsspeicherung des Schreibprogramms wissen wir sogar exakt, wann: am vergangenen Montag, also vor vier Tagen, um 17:52 Uhr. Tim fotografiert die Seite des Schreibprogramms ab. Wir sehen uns noch einmal um. Haben wir etwas vergessen?

Nein, wir haben alles.

Wir können wieder gehen.

Bis auf eine Frage, die noch bleibt. Wann die Entführer hier waren, glauben wir zu wissen. Aber über welchen Weg haben sie mit der kleinen Sophie im Schlepptau das Haus verlassen? Auch über den Balkon? Vermutlich wurde das Mädchen betäubt, um es dann problemlos über den Balkon hinuntertransportieren zu können. Sollten von diesem Überfall oder gar vom Betäubungsmittel Spuren hinterlassen worden sein, dürfte der Richter diese längst gefunden haben. Trotzdem schaue ich mich noch mal genauestens um, finde aber nichts dergleichen.

Nun können wir wirklich wieder hinaus.

Ich will schon zur Balkontür gehen, da tippt Tim mich an und hält mir etwas vors Gesicht.

Verdammt! Natürlich! Wir müssen noch ein paar Abhörwanzen anbringen.

POLIZEI! POLIZEI!

Hier oben in Sophies Zimmer dürften die Abhörwanzen wenig Sinn ergeben. Besser, wir bringen sie irgendwo unten im Wohnzimmer oder in einem Arbeitszimmer an, das es hier im Haus bestimmt auch gibt.

Ich stecke die Chips wieder ein und gehe voran zur Zimmertür, bleibe dort stehen und horche erst einmal. Von außen wirkte das ganze Haus dunkel. Der Richter und seine Frau scheinen also zu schlafen. Es ist ja auch schon kurz vor halb eins in der Nacht. Aber sicher ist das eben nicht. Ich öffne leise die Zimmertür und spähe hinaus in den Flur. Die Zimmeraufteilung des Hauses kennen wir nicht beziehungsweise nicht genau. Wo Sophies Zimmer liegt, hatte Balu uns erzählt, der es irgendwie übers Hausnetzwerk herausbekommen hat. Aber das Schlafzimmer der Eltern? Ich befürchte, es ist gleich das Zimmer gegenüber. In der Mitte des Flurs hier im oberen Stockwerk dürfte das Badezimmer sein. Aber es gehen noch zwei Türen vom oberen Flur ab. Gästezimmer? Arbeitszimmer? Unten befinden sich dann wohl

Wohnzimmer, Küche, vielleicht auch dort ein Arbeitszimmer?

Ich schleiche voran zur Treppe. Abena bleibt zunächst noch in der Tür von Sophies Zimmer stehen. Zum Glück können wir durch unsere Nachsichtgeräte sehr gut sehen.

An der obersten Stufe halte ich inne und schaue hinunter, wo die Treppe in einem kleinen Foyer endet. An der Ecke des Treppenabsatzes steht eine Zimmerpflanze. Wäre ein guter Ort für eine Abhörwanze.

Ich winke Abena zu mir.

Sie bleibt zunächst hier oben stehen, ich schleiche mich vorsichtig auf Zehenspitzen die Treppe hinunter. Doch es nützt nichts. Die vierte Stufe von oben gibt trotzdem ein lautes, hässliches Knarzen von sich. Ich erstarre mitten in der Bewegung. Auch Abena stockt der Atem. Ich schaue hoch zu ihr. Sie sieht sich um. Horcht. Gibt mir dann das Zeichen, dass oben noch alles ruhig ist. Ein Glück. Was, wenn dort oben plötzlich aus einer der Türen der Richter herausgeschossen kommt? Keine Ahnung, was wir dann tun sollten.

Wir sind zwar mit dem Auftrag hier, seine Tochter zu retten. Aber erstens würde der Richter uns das nicht glauben, und zweitens dürften wir es ihm nicht einmal erzählen. Denn wir sind YOUNG AGENTS. Uns gibt's eigentlich gar nicht. Niemand weiß von unserer Existenz, außer einer äußerst kleinen Gruppe leitender Angestellter im Geheimdienst – und unseren Eltern natürlich. Und selbst diese wenigen Mitwisser würden unsere Existenz jederzeit sofort und vehement abstreiten. Was für uns als oberstes Gebot heißt: Wir dürfen uns nicht erwischen lassen. NIEMALS!

Abena gibt mir ein Zeichen, dass ich weitergehen soll.

Ich hebe langsam und behutsam meinen Fuß von der Treppe wie eine Katze, die entsetzt feststellt, dass sie gerade so etwas Widerwärtiges wie eine Pfütze mit der Pfote berührt hat. Ich gehe also weiter die Treppe hinunter, schaue mich um. Nach wie vor ist alles ruhig. Ich sehe hinauf zu Abena. Die nickt mir abermals zu: Alles in Ordnung. Also kann ich jetzt die erste Wanze hier in der Zimmerpalme platzieren. Ich pule eine aus meiner Hosentasche, will gerade schauen, wo an der Palme ich sie wohl am besten verstecke, da schreit es mit einem Mal durchs Foyer: »POLIZEI! POLIZEI!«

Ich schrecke zurück. Mein Puls explodiert. Instinktiv werfe ich mich zu Boden, mache eine Rückwärtsrolle, robbe unter die Treppe. Hektisch sehe ich mich um, kann aber niemanden sehen. Es bleibt auch alles dunkel. Was um Himmels willen war das?

Mein Herz pocht bis zum Anschlag. Abena habe ich aus dem Blickfeld verloren. Meine Nachtsichtbrille ist verrutscht, ich rücke sie wieder gerade und horche erneut in den Raum hinein. Alles still.

Nicht einmal Abenas Atem höre ich. Wo hat sie sich wohl verkrochen?

Da hat doch eindeutig jemand die Polizei gerufen.

Ich warte noch ein wenig ab. Als auch nach zwei Minuten nichts geschieht, robbe ich bäuchlings wieder ein wenig vor, schaue mich im Foyer um. Aber da ist nichts … Halt!

Blick zurück. Was ist das für ein Ständer? Ich rutsche noch ein bisschen vor und traue meinen Augen und meinem Nachtsichtgerät nicht. Auf einer Stange in der Ecke schräg gegenüber der Treppe hockt ein – Papagei! Ein Graupapagei, wenn ich es durch das unklare Bild des Nachtsichtgeräts richtig erkenne.

Ich glaub es nicht! Natürlich haben wir uns vor unserem Eindringen versichert, dass der Richter keinen Hund besitzt. Eine Katze wäre egal gewesen, aber auch die hat er nicht. Doch wer denkt schon an einen Papagei?

Langsam stehe ich auf, vermeide jede zu schnelle Bewegung. Unter keinen Umständen will ich den Vogel erneut erschrecken, sodass er wieder so einen Höllenlärm veranstaltet. Vermutlich macht er das aber öfter. Denn ansonsten rührt sich nichts im Haus. Weder der Richter noch seine Frau kommen zum Vorschein, um nach dem Rechten zu sehen. Entweder haben sie den Papagei nicht gehört, dann haben sie allerdings einen sehr festen Schlaf. Oder sie kennen es schon, dass er nachts manchmal grundlos herumkrakeelt, und kümmern sich nicht mehr darum. Aber jetzt, zu einer Zeit, da die Tochter entführt wurde und draußen mehrere Polizisten Personenschutz leisten? Ich denke, der Richter dürfte im Augenblick äußerst unruhig schlafen. Bisher verhält er sich allerdings ruhig.

Ich schaue hoch und sehe, wie Abena langsam die Treppe herunterkommt, wobei sie wohlweislich die knarrende Stufe übergeht.

Als sie bei mir ankommt, zeige ich stumm auf den Papagei. Abena nickt. Sie hat ihn auch schon entdeckt.

Mit einer Geste frage ich: *Und jetzt?*

Abena zeigt auf meine Hosentasche, in der ich die Abhörwanzen verstaut habe.

Gut, platzieren wir sie weiter. Ich zeige Abena, wo ich die erste versteckt habe.

Doch Abena schüttelt den Kopf und zeigt auf den Papagei.

Okay, ich weiß, was sie meint. Beim Abhören würden wir womöglich ständig nur das Gekrächze des Vogels im Ohr haben. Das kann natürlich extrem nerven. Aber wohin dann mit den Wanzen?

Abena meint allerdings etwas anderes.

Wir YOUNG AGENTS sind gerade dabei, die Gebärdensprache zu lernen, um uns im Einsatz stumm unterhalten zu können. Abena, dieses Sprachgenie, beherrscht sie natürlich schon fast perfekt, ich aber tue mich damit extrem schwer. Noch schwerer als Charles mit Deutsch. Trotzdem schafft Abena es, mir zu verdeutlichen, was sie meint: Ich soll eine der Abhörwanzen direkt am Papagei verstecken.

Ich verstehe! Billy hat mir mal erzählt, dass sie eine Abhörwanze im Halsband von Maffeis Hund versteckt hatten. Dadurch haben sie viel über den Gangsterboss erfahren. Kein Gangster misstraut seinem Haustier, und ein ehrbarer Richter schon gar nicht. Der Papagei ist den ganzen Tag im Haus. Und weil Papageien Geselligkeit brauchen und schon deshalb als Haustiere eigentlich völlig ungeeignet sind, werden der Richter und seine Frau dem Vogel hoffentlich wenigstens ihre Gesellschaft anbieten. Sprich: Er ist vermutlich ständig in ihrer Nähe, wenn sie im Hause sind.

Wie aber soll ich dem Papagei eine Wanze anheften, ohne dass er losschreit?

Abena liest mir meine Bedenken von den Lippen ab und streckt mir die Hand entgegen. Ich lege ihr eine Abhörwanze darauf.

Abena geht langsam auf den Papagei zu, der zur Begrüßung heftig den Kopf auf und ab bewegt. Verdammt, gleich krächzt der los, da bin ich mir sicher. Ich will Abena schon warnen, doch da ist sie schon dabei, den Vogel unterm Kopf zu kraulen, worauf der Papagei erst anfängt, leise zu schnurren wie eine Katze, und dann plötzlich eine Frauenstimme – vermutlich die von Frau Kämmerer – nachahmt und flüstert: »Jaaaaa. Kiki ist ein Braver. Jaaaaaa. Ganz ein Braver.«

Das ist eine gute Gelegenheit, ins Wohnzimmer zu schleichen, solange Abena den Vogel ruhig hält.

Im Wohnzimmer entdecke ich ein schnurloses Telefon, in dessen Aufladeschale ich eine Wanze platziere. Nun fehlt nur noch eine im Arbeitszimmer, falls es hier so etwas gibt. Ich kehre vom Wohnzimmer zurück und öffne die nächste Tür, die vom Foyer abgeht, in der Überzeugung, jetzt in ein Büro zu kommen.

Stattdessen fällt mir ein Besenstiel entgegen, als ich die Tür öffne. Der Besen reißt beim Umfallen noch das Saugrohr eines Staubsaugers mit, das krachend auf einen metallenen Putzeimer scheppert. Der Papagei schreckt auf, kreischt, flattert los und landet oben auf dem Treppengeländer. Kurz darauf geht oben eine der Türen auf.

»Was ist denn hier los?«, brummt der Richter.

Verflucht! Wir müssen uns verstecken!

Abena hechtet ins Wohnzimmer, ich folge ihr.

Hinter der geschlossenen Wohnzimmertür harren wir aus und lauschen.

Wir hören, wie Frau Kämmerer von der ersten Etage herunter fragt, was passiert sei. Der Richter ruft hinauf, dass in der Abstellkammer der Staubsauger umgekippt sei, und gibt dafür dem Papagei die Schuld.

Das war's.

Wir hören, wie der Richter die Treppe wieder hinaufgeht.

Da haben wir noch mal Glück gehabt.

Jetzt müssen wir nur noch von hier fort. Das wird schwierig, denn durch die Terrassentür im Wohnzimmer sehen wir draußen den Lichtschein einer Taschenlampe. Einer der Polizisten dreht bereits wieder seine Runde. Durch den Aufstand des Papageis haben wir mehr Zeit verloren als geplant. Jetzt müssen wir improvisieren.

Abena und ich legen uns bäuchlings auf den Boden. Denn es kann jederzeit passieren, dass der Polizist hier ins Zimmer hineinleuchtet.

Jetzt, da wir wissen, dass der Richter und seine Frau wieder oben im Schlafzimmer sind, können wir hier unten im Wohnzimmer bei geschlossener Tür in Ruhe miteinander flüstern.

»Wir müssen Naomi und Billy Bescheid geben. Sie sollen die Polizisten ablenken«, schlage ich vor.

Doch Abena schüttelt den Kopf. »Das ist zu aufwendig. Beim Reinkommen mit den Hunden war's okay, das hatten wir geplant. Aber jetzt ein zweites Mal? Sie müssten sich etwas Neues ausdenken und richtig Rabatz machen, um alle Polizisten von uns abzulenken.«

Das leuchtet mir ein. Aber was dann?

»Hast du eine Idee, wie wir hier wegkommen?«, frage ich sie.

»Ja«, antwortet Abena. »Ein anderer Helfer wird die Polizisten ablenken.«

»Wen meinst du?«, frage ich.

»Warte hier«, antwortet Abena. Sie erhebt sich, eilt leichtfüßig zur Wohnzimmertür und geht zurück ins Foyer.

Was hat sie vor?

Wenige Minuten später ist sie zurück – mit dem Papagei auf dem Arm! Mit der freien Hand krault sie ihn wieder vorn an der Brust.

»Jaaaaa. Kiki ist ein Braver. Jaaaaaa. Ganz ein Braver«, schnurrt der Vogel wieder mit Frau Kämmerers Stimme.

Ich liege nur da, noch immer auf dem Wohnzimmerteppich, und starre Abena an. Wie hat sie es geschafft, so geräuschlos den Papagei einzufangen?

Abena scheint die Frage aus meinen Gedanken abzulesen.

»Papageien sind Gesellschaftstiere«, flüstert Abena mir zu. »Der lässt sich doch die Gelegenheit nicht entgehen, dass sich jemand um ihn kümmert.«

»Und was hast du mit ihm vor?«, frage ich.

Abena schaut hinaus durch die Terrassentür. Der Lichtkegel der Taschenlampe entfernt sich gerade.

Abena geht zur Terrassentür, öffnet sie, tritt mit dem Vogel auf dem Arm auf die Terrasse hinaus und setzt den Papagei auf der Lehne eines Gartenstuhls ab.

Dann klatscht sie urplötzlich einmal laut in die Hände.

Erschreckt kreischt der Vogel auf und flattert los bis zum Apfelbaum, wo er sich auf einem Ast niederlässt und krächzend vor sich hin schimpft. Unter anderem, indem er laut krächzt: »POLIZEI! POLIZEI!«

Abena saust zurück ins Wohnzimmer, schließt hastig die Terrassentür und zischt mir zu: »Hinten raus. Durch die Küche!«

Und rast los.

Mir ist klar: Jeden Moment kann wieder der Richter die Treppe hinunterkommen, obwohl er wohl zunächst von oben aus dem Fenster schauen wird, was im Garten los ist. Dennoch laufe ich Abena hinterher.

Ein kurzer Blick durchs Foyer genügt, und wir sehen, wo die Küche ist, denn die Küchentür steht offen.

Wir laufen hinein, öffnen das Fenster, das sich leider direkt über der Spüle befindet. Wir müssen also über die Spüle klettern, um aus dem Fenster hinauszukommen.

Doch das gelingt uns beiden schnell.

Draußen landen wir in einem Blumenbeet.

Während Abena schon nach hinten rennt, zum Gartenzaun, verwische ich noch schnell unsere Fußspuren im Beet. Anschließend laufe auch ich über den gefliesten Weg ums Haus herum, dann weiter Abena hinterher, die hinter dem Zaun auf der anderen Seite schon auf mich wartet.

Dann weiter zur Seitenstraße, wo wir weiterrennen bis zu unseren E-Bikes, die wir um die Ecke abgestellt haben und die Billy jetzt für uns bereithält.

»Auftrag erledigt!«, ruft Abena ihm und gleichzeitig allen anderen in der Funkverbindung zu.

Wir schwingen uns auf die Räder und düsen los.

Im Hintergrund höre ich noch Frau Kämmerer entsetzt rufen: »Wie kommt denn Kiki nach draußen?«

Die Antwort gibt Kiki selbst.

»POLIZEI! POLIZEI!«, krächzt er durch die Nacht.

EIN KÜHNER PLAN

Als wir uns etwas später und weit genug vom Richterhaus entfernt wieder mit Naomi und Billy treffen, frage ich Tim, was es mit dieser Puppe auf sich hatte.

»Das war eine Cayla«, antwortet er.

Ich hab keine Ahnung, was er damit meint. Auch Billy schaut ihn ratlos an.

Naomi hingegen wird hellhörig.

»Du meinst die *My friend Cayla*-Cayla? Die so funktioniert wie die *Hello Barbie?*«

Tim nickt.

Billy und ich verstehen kein Wort.

»Seit wann interessierst du dich noch für Puppen?«, fragt Billy Naomi.

Naomi schmunzelt, bevor sie antwortet: »Ehrlich gesagt habe ich mich nie so richtig für Puppen interessiert. Schon als kleines Mädchen nicht. Aber schon immer für Technik. Und deshalb auch für diese beiden Puppen, die es erst seit wenigen Jahren auf dem Markt gibt. Es handelt sich um sogenanntes intelligentes Spielzeug. Über eine App und Bluetooth-Verbindung können die Kinder ihrer Puppe Fragen stellen. Die werden in Text umgewandelt und an die Internetseite der Spielzeugfirma gesendet, die eine Antwort zurückschickt, die die Puppe dem Kind dann mitteilt. Das Kind kann also mit seiner eigenen Puppe sprechen.«

»Nicht schlecht«, kommentiert Billy. »Wenn mein Black Panther das gekonnt hätte, das hätte ich super gefunden.«

»Black Panther?«, frage ich nach.

»Ja, ich hatte einen schwarzen Leoparden als Plüschtier«, antwortet Billy und fügt grinsend hinzu: »Der wohnt immer noch unter meinem Bett.«

»Aber es ist nicht nur toll«, erläutert Naomi weiter. »Dadurch, dass die Puppe alles aufnimmt, was das Kind ihr sagt, ist sie gewissermaßen ein Abhörgerät.«

»Genau«, ergänzt Tim. »Daher kenne ich die Puppe überhaupt. Bei uns im Heim wollte mal ein Erzieher eine von uns Kindergruppen aushorchen. Hat aber nicht geklappt, und der Erzieher wurde entlassen.«

Langsam begreife ich, weshalb Tim die Puppe so wichtig war und ich alles von Sophies Smartphone kopieren sollte.

»Du meinst also«, frage ich nach, »mit etwas Glück haben wir eine Audio-Aufzeichnung von der Entführung auf der App, vielleicht sogar die Stimme des Entführers?«

»Ganz genau«, bestätigt Tim. »Wenn wir Glück haben, ja.«

Noch in derselben Nacht übergebe ich Balu in der Agentenwohnung mein Smartphone mit den Kopien von Sophies Daten und vor allem der Puppen-App.

Tatsächlich haben wir Glück. Damit Balu nicht stundenlang alle möglichen Fragen, die Sophie ihrer Puppe gestellt hat, abhören muss, versucht er es direkt mit dem vermutlichen Entführungszeitpunkt, den wir dem Schreibprogramm auf Sophies Computer entnommen haben: Montag, 17:52 Uhr.

»Hier!«, ruft Balu aufgeregt. »Hört ihr?«

Naomi, Charles und ich sitzen um ihn herum und hören genau hin. Billy und Tim sind zu Billy nach Hause gefahren. Wir werden sie morgen über unsere Ergebnisse informieren.

»Sophie schreckt auf«, erklärt Balu die Geräusche. »Doch dann wird sie gleich ruhig. Hört zu!«

Wir hören, wie eine männliche Stimme sagt: »Ich hab dir etwas mitgebracht. Ein Geschenk!«

»Ein Geschenk?« Sophie klingt überrascht, aber auch freudig neugierig. »Von wem?«

»Von der Schule. Du darfst es aber noch niemandem verraten«, betont die Männerstimme.

»Wieso nicht?« Sophies Neugier und Freude scheinen wachsender Skepsis zu weichen.

»Weil...«, setzt die männliche Stimme an.

Dann hört man Gepolter. Gegenstände fallen vom Tisch. Kurze, gurgelnde Laute von Sophie.

»Jetzt hat er sie gepackt«, erläutert Balu.

Aber das haben wir anderen auch schon herausgehört.

»Ich frage mich nur, wieso die Puppe das aufgenommen hat«, sage ich. »Sophie hat eindeutig an ihrem Computer gesessen, als der Entführer ins Zimmer eindrang. Die Puppe lag aber auf dem Bett. Sophie wird sie in dem Moment ja wohl kaum in der Hand gehabt haben.«

»Das brauchte sie auch gar nicht«, erläutert Balu. »Man kann die Puppe so einstellen, dass sie Stimmen aus etwas größerer Entfernung aufzeichnet und nicht nur, wenn man direkt mit ihr spricht. So lässt sie sich als Abhörwanze fürs Kinderzimmer missbrauchen. Deshalb hat es damals, als die ersten Puppen dieser Art auf den Markt kamen, auch einige Proteste gegen das Spielzeug gegeben.«

»So wie Tim aus seinem Heim erzählt hat«, ergänze ich.

Naomi nickt mir zu und spricht vor sich hin: »Dann haben Sophies Eltern ihre Tochter überwacht, indem sie abgehört haben, was sie ihrer Puppe so erzählt?«

»Sieht so aus«, bestätigt Balu. »Das finde ich von den Eltern zwar total bescheuert, für uns aber ist es ein Glück. Wir haben die Stimme des Entführers.«

»Aber kennen wir die? Wissen wir, wer es ist?«, fragt Naomi.

Balu schüttelt den Kopf. »Ich hab's schon mit unserer Datenbank abgeglichen. Ich kann nur sagen: Es ist nicht der Gorilla. Und dass es nicht Shiona sein kann, ist eh klar. Die war zu dem Zeitpunkt im Gefängnis, und außerdem: Männerstimme.«

»Wirklich weiter hilft uns das also nicht, oder?«, frage ich.

Balu schüttelt den Kopf. »Nein. Zumindest noch nicht. Aber wer weiß ...«

Am nächsten Vormittag sitzen wir sechs YOUNG AGENTS bei einem Meeting mit unserem Chef, dem Prof, zusammen, um die nächsten Schritte zu planen. Oder besser ausgedrückt: Der Prof teilt uns mit, was wir als Nächstes zu tun haben. Die Zeit drängt. In zwei Tagen soll das Urteil im Prozess verkündet werden. Für außenstehende Beobachter wie zum Beispiel die Presseleute ist es eigentlich sonnenklar: Sowohl Maffei als auch den »Boss« erwarten lebenslange Haftstrafen. Doch beide Gangster verhalten sich im Prozess trotz erdrückender Beweise gegen sie völlig entspannt. Sie wissen, sie haben die Tochter des Richters in ihrer Gewalt, und deshalb wird es einen Freispruch geben.

Um das zu verhindern, haben wir YOUNG AGENTS also 48 Stunden, um das Mädchen zu finden. Denn dass sie entführt wurde, steht nach unserem »Besuch« beim Richter völlig außer Zweifel.

Billy und ich müssen somit heute wieder mal die Schule schwänzen. Der Auftrag des Geheimdienstes hat Vorrang. Und wir treffen uns das erste Mal an einem neuen Ort. Der geheime Bunker unterhalb der Tankstelle wurde zu riskant. Wenn regelmäßig sechs Kinder die Tankstelle aufsuchen und dort ständig aufs Klo gehen (der geheime Zugang führte durch eine Toilettenkabine), fällt das auf.

Unser neuer Treffpunkt ist ebenfalls ein Bunker. Ein Überbleibsel aus uralten Kriegszeiten, das jahrelang stillgelegt war. Dann hatte man ihn in den 1980er-Jahren umgebaut und als Schutzraum für den Fall eines Atomkriegs wieder nutzbar gemacht. Zwanzig Jahre später wurde er erneut stillgelegt. Und nun dient er eben als geheimer Treffpunkt für uns YOUNG AGENTS. Er liegt mitten in einem Stadtteil in der Nähe des Stadtparks. Über den Eingang hat der Geheimdienst einfach eine kleine Imbissbude gestellt, durch deren Hinterzimmer wir in den Bunker gelangen. Das ist auch der Grund, weshalb niemand von uns mehr mit leerem Magen in der Versammlung sitzen muss. Stattdessen lassen wir uns Pommes mit Ketchup und Mayo, Brat- und Currywürste schmecken. Morgens um neun Uhr. Na und?

Ich muss gestehen, mir schmeckt das Essen, mit dem ich zu Hause in Accra bei meinen Eltern und Großeltern aufgewachsen bin, deutlich besser. Zur Sättigung essen wir statt Kartoffeln lieber Reis, Fufu, Gries, Yams, Kochbananen oder Banku. Und wenn schon Kartoffel, dann Süßkartoffel. Aber an Pommes frites habe ich mich hier in Deutschland schnell gewöhnt. Normalerweise natürlich nicht zu dieser Tageszeit. Dennoch: Mir schmeckt's, und wir alle genießen unsere außergewöhnliche Mahlzeit.

Als wir alle unsere Portionen halb aufgegessen haben, kommt der Prof hereingerauscht. Wie immer setzt er sich ohne Begrüßung an seinen überdimensionierten Schreibtisch, den er von der Tankstelle hat herbringen lassen. Hier im Imbissbunker wundere ich mich noch mehr darüber, wie sie den hineingewuchtet haben, als ich es an der Tankstelle ohnehin schon tat.

Auch sein dicker Ledersessel ist da, in den er sich jetzt sachte niederlässt. Das Neue an diesem Ort ist, dass wir

Agenten nun endlich auch alle eigene Stühle haben, auf denen wir rund um einen schwarzen Konferenztisch sitzen. Unter der Tankstelle mussten die meisten von uns auf dem Boden hocken.

In einer kurzen Einleitung stellt der Prof noch mal klar, unter welchem Zeitdruck wir stehen, und verkündet: »Wir wissen nun, dass der Richter nicht die Wahrheit gesagt hat und seine Tochter tatsächlich entführt worden ist. Da habt ihr gestern gute Arbeit geleistet.«

Billy, Naomi, Charles und Balu schauen Tim und mich an und spenden uns einen kurzen, herzlichen Beifall. Naomi applaudiert sogar ausdrücklich Tim, weil sie ihn bisher sonst immer sehr skeptisch betrachtet hat.

»Wir wissen außerdem, dass Maffei und der ›Boss‹ hinter der Entführung stecken«, führt der Prof weiter aus. »Die beiden wissen also, wo das Mädchen versteckt ist. Aber nicht nur sie. Sondern natürlich auch ihre Komplizen und Helfer. Denn irgendjemand muss das Mädchen ja entführt haben und es jetzt verstecken, bewachen, verpflegen und so weiter.«

»Wir müssen also die Komplizen observieren«, schlägt Billy vor. »Zum Beispiel den Gorilla. Der kümmert sich doch nicht nur um Maffeis Haus, wenn der nicht da ist, sondern sehr wahrscheinlich auch mit um seine Geschäfte.«

Doch der Prof schüttelt den Kopf.

»Das stimmt zwar«, bestätigt er. »Aber das allein reicht nicht, weil uns die Zeit davonläuft. Wir müssen näher heran, brauchen einen direkten Kontakt zu Maffei und dem ›Boss‹.«

»Wie soll dies sein?«, fragt Charles in seinem üblichen gebrochenen Deutsch. »Wir haben nicht die Möglichkeit, zu sehen eine von diese beiden.«

»Natürlich nicht«, stellt der Prof klar. »Aber zu jemand anderem können wir Kontakt aufnehmen: seiner Tochter!«

»SHIONA????« Ich glaube, wir alle sechs haben gleichzeitig den Namen mit großem Fragezeichen ausgerufen.

»Auch die ist in die Gefängnis. Ist sie nicht?«, fragt Charles.

»Ja, ist sie«, bestätigt der Prof.

»Wir kommen nicht hinein in diese jailhouse«, beharrt Charles.

»Doch«, widerspricht der Prof. »Nicht ihr alle, aber eine von euch: Abena!«

Ich? Wie das?

Dazu kommt der Prof jetzt; schneller, als mir lieb ist: »Als jugendliche Straftäterin.«

»WAS?«, entfährt es mir. »Ich soll ins Gefängnis? Als Strafgefangene?«

Ich hoffe, ich habe da etwas falsch verstanden!

Doch leider nicht. Genauso hat der Prof es gemeint.

ABENAS VORBEREITUNG

Oh Mann, ich weiß, wie Abena zumute sein muss. Ich bin in einem Jugendheim aufgewachsen und fand es dort so schrecklich, dass ich mehrfach abgehauen bin. Auf diesem Wege bin ich überhaupt erst zu den YOUNG AGENTS gekommen. Immer wieder wurde ich von der Polizei aufgegriffen und ins Heim zurückgebracht. So wurde der Geheimdienst auf mich aufmerksam und hat mich angeworben. Offiziell bin ich immer noch flüchtig und werde bundesweit von der Polizei gesucht. Es wird Zeit, dass der Geheimdienst sich darum kümmert und mir eine »Familie« besorgt, bei der ich offiziell unterkommen kann. Bis das nicht geregelt ist, laufe ich bei jedem Schritt vor die Haustür Gefahr, wieder aufgegriffen und zurück nach München ins Heim geschickt zu werden. Bei unserem letzten Fall ist mir das passiert, und ich konnte erst in letzter Minute spektakulär aus dem ICE fliehen, der mich unter Bewachung nach München bringen sollte.

Nun gibt es natürlich einen Unterschied zwischen Heim und Jugendgefängnis, in dem Abena undercover als angebliche Straftäterin einsitzen soll. Aber trotzdem bin ich wohl derjenige von uns sechs, der am ehesten nachfühlen kann, was ihr bevorsteht.

Abena scheint das genauso zu sehen. Nach unserer Besprechung jedenfalls bat sie mich um ein Treffen unter vier Augen, damit sie mich alles Mögliche fragen kann, was ihr die Mission erleichtern könnte. Erschwerend kommt hinzu, dass sie eigentlich gar keine Zeit hat, sich vorzubereiten. Schon morgen früh kommt sie ins Gefängnis, wo der Geheimdienst dafür sorgen wird – über welche Kanäle auch immer –, dass Abena sofort Kontakt zu Shiona bekommt.

Jetzt sitzen wir zu zweit bei Abena zu Hause, um die Sache zu besprechen. Ich bin zum ersten Mal bei ihr. Auch von den anderen YOUNG AGENTS war außer Billy noch nie jemand bei Abena zu Besuch.

Als ich bei ihr ankam, hab ich erst einmal Bauklötze gestaunt. So eine große, helle, geräumige und vor allem auch ordentliche Wohnung für eine einzelne Familie habe ich noch nie gesehen. Ich selbst bin mit meiner überforderten Mutter in einer winzigen, dunklen Zweizimmerwohnung aufgewachsen, die eigentlich immer ziemlich zugemüllt war. Weswegen ich ja auch irgendwann ins Heim kam. Derzeit wohne ich bei Billy, wo es auch nicht viel besser aussieht. Zwar ist die Wohnung größer, und

Billy hat sogar ein eigenes Zimmer. Aber irgendwie ist dort alles sehr rumpelig, eng und zugestellt. Den Möbeln sieht man an, dass sie Sonderangebote in irgendwelchen Möbeldiscountern waren. Manche Schranktüren sind wackelig und drohen, aus den Scharnieren zu brechen, der Boden ist abgeschubbert, die Sessel sind durchgesessen und so weiter.

Aber hier, bei Abena, komme ich mir vor wie in der Ausstellung eines edlen Möbelhändlers, der vielleicht gerade seine »Afrikanischen Wochen« oder so ausgerufen hat.

Das Wohnzimmer ist hell und geräumig. An den strahlend weißen, sauberen Wänden hängen große, fantastische Gemälde in knallbunten Farben. Ausschließlich von ghanaischen Künstlern gemalt, wie Abena mir erläutert. Das heißt: Jedes Gemälde ist ein signiertes Original! Unter den Gemälden stehen ein gigantisches schwarzes Ledersofa und ein Glastisch, der so sauber ist, dass man die Platte fast gar nicht sieht. Dazu noch zwei weitere, passende Ledersessel. Gegenüber besteht die gesamte Wand aus einem einzigen Regal, das bis auf den letzten Zentimeter mit Büchern vollgestellt ist. Bestimmt tausend Stück, schätze ich mal.

»Wer soll das alles lesen?«, frage ich ehrfurchtsvoll.

Bei uns zu Hause – also als ich noch mit meiner Mutter in der kleinen Wohnung lebte – gab es nur ein einziges »Buch«. Das war das sogenannte »Haushaltsbuch«, in das meine Mutter sporadisch ein paar monatliche Ausgaben eintrug.

Zugegeben, ich selbst habe noch drei Bücher besessen, die meine Mutter mir mal auf einem Flohmarkt der Stadtbücherei gekauft hat. Alle drei waren »Agentengeschichten« für Kinder. Fällt mir jetzt gerade ein. Ha, wenn ich damals geahnt hätte, dass ich tatsächlich mal ein echter Agent werden würde …

»Meine Eltern haben die meisten gelesen«, erläutert mir Abena. »Wollen wir?«

Die meisten gelesen? Tausend Bücher oder mehr? Wie soll das gehen? Für mich ist das ein komplett anderes Universum. Aber trotzdem nicke ich Abena brav zu.

Sie führt mich in ihr Zimmer, das ebenfalls an ihr Geburtsland Ghana erinnert. Was man aber erst auf dem zweiten Blick erkennt. Gut, die rot-gelb-grüne Nationalflagge mit dem schwarzen Stern in der Mitte fällt einem natürlich sofort ins Auge. Aber die bunten Tücher, sogenannte Kente-Stoffe, und die handgeschnitzten Tiere und religiösen Figuren erkenne ich nur als ghanaisches Kunsthandwerk, weil Billy mir davon schon erzählt hatte, nachdem er einmal hier war. Neu sind einige Keramiken auf der Fensterbank, die Abena mir jetzt zeigt. Sie stammen allesamt aus Ghana und sind ihr erst vor Kurzem von ihrer Großmutter zugeschickt worden: zwei bunte Vasen und ein Gefäß mit Deckel, das ein bisschen aussieht wie eine Zuckerdose.

»Was ist da drin?«, frage ich.

»Mach ruhig auf«, antwortet Abena lachend.

Ich schaue nach und sehe: Schokolade!

»In Ghana und an der Elfenbeinküste werden 60 % der weltweiten Kakao-Ernte angebaut«, erklärt Abena mir.

»Wow!«, sage ich anerkennend. »Dann seid ihr sozusagen die Weltmeister der Schokoladenherstellung? Super!«

Ich nehme ein Stück, lasse es auf meiner Zunge zergehen. Es schmeckt himmlisch, weich, sahnig und schokoladig.

»Leider nicht«, räumt Abena ein. »Ghana liefert nur den Rohstoff Kakao. Veredelt und zu Schokolade verarbeitet wird fast nur im Ausland. Dort wird dann auch das dicke Geld mit unserem Kakao verdient. Diese Schokolade hier kommt aus der Schweiz.«

»Darf ich noch ein Stück?«, frage ich.

Abena nickt mir zu.

Obwohl ein Lesesessel und ein Schreibtischstuhl in ihrem Zimmer stehen, setzen wir uns im Schneidersitz einander gegenüber auf den Boden. Mir wird klar: Wer so schön wohnt, dem wird es im Jugendgefängnis doppelt schwerfallen.

»Du musst keine Angst haben«, versuch ich also gleich, Abena Mut zuzusprechen. »Dein Knastaufenthalt ist ja nur kurz. Und der Geheimdienst kann dich jederzeit wieder da rausholen.«

Abena nickt. »Ich weiß. Es ist dennoch ein komisches

Gefühl. Weißt du, die Gangster der Einbruchsmafia in ihrer Villa aufzusuchen, das war für mich kein Problem. Da kam ich ja schnell wieder weg. Aber wenn ich mir vorstelle, ich solle mit einem wie ›Vize‹ zusammen in einer Zelle wohnen! Meine Güte!«

Ich muss lachen. Und kann sie sofort beruhigen.

»Das wird sowieso nicht vorkommen«, versichere ich ihr. »Für Jungs und Mädchen gibt es getrennte Gefängnisse.«

»Ich weiß«, antwortet Abena. »Aber ehrlich: Das finde ich fast noch schlimmer.«

»Du wirst mit Shiona in eine Zelle kommen. Und hast sowieso nur extrem wenig Zeit. Wir müssen Sophie ja in nicht einmal 48 Stunden gefunden haben.«

Wie auf ein Stichwort läuten im selben Moment unsere beiden Agenten-Smartphones.

»Was ist denn jetzt passiert?«, fragt Abena und sieht nach, während ich gleichzeitig ebenfalls mein Smartphone zücke.

Achtung: News

schreibt uns Charles.

Prozess verschoben.
Wir haben zwei Tage mehr
Zeit.

»Oh!«, sage ich und will gerade jubeln. Denn eigentlich ist das eine sehr gute Nachricht für uns.

Doch sofort fällt mir das ein, was Abena jetzt auch ausspricht: »Vermutlich muss ich doch länger im Knast bleiben, als ich bis eben dachte.«

Genau das könnte natürlich passieren.

»Wir sollten uns trotzdem beeilen. Je schneller wir Sophie finden, desto besser für sie«, sage ich, um Abena erneut zu beschwichtigen.

Sie nickt mir hoffnungsvoll zu. »Das finde ich auch.«

Und wieder piept mein Smartphone. Aber dieses Mal nur meines.

Ich muss gestehen, mit der Nachricht, die ich nun lese, habe ich am allerwenigsten gerechnet. Und sie haut mich geradezu um.

»Was ist passiert?«, fragt Abena.

»Ich… Ich bekomme ein neues Zuhause!«, antworte ich und kann es in dem Augenblick, in dem ich es ausspreche, selbst kaum glauben. Ich weiß nicht einmal, ob ich mich freuen soll, auch wenn ich weiß, dass eine neue Familie für meine Tarnung unerlässlich ist. Aber trotzdem habe ich ja schon eine Mutter; eine echte. Auch wenn sie total überfordert ist und mich deshalb ins Heim abgegeben hat, ist und bleibt sie meine Mutter. Ich bin ihr auch nicht böse. Wirklich nicht. Denn ich weiß, dass sie mich nur aus der Angst heraus fortgegeben hat, nicht für mich sorgen zu können. Ich sollte es gut haben, mit einer vernünftigen Schlafstätte, regelmäßigem warmem Essen, einer möglichst guten Schulbildung und so weiter. Das alles konnte meine Mutter mir nicht bieten. Das war uns beiden klar. Dass mir das Heim so sehr zu schaffen machen würde, konnten wir damals ja beide nicht ahnen.

Jetzt, da ich etwas älter, vor allem aber durch die Agentenausbildung enorm reifer geworden bin, sehe ich es noch klarer: Wäre ich damals bei meiner Mutter geblieben, dann würde ich Abena jetzt keine Tipps als Undercover-Agentin für den Knast geben. Nein, ich wäre längst selbst ein krimineller Problemfall. Insofern war alles richtig so.

Und dennoch: Jetzt zu einer neuen Familie zu kommen, ist ein merkwürdiges Gefühl.

Zumal ich noch nicht einmal weiß, ob es nur eine Tarnfamilie ist, die über meine Agententätigkeit Bescheid weiß, oder ob es eine echte Pflegefamilie sein wird, vor der ich die YOUNG AGENTS geheim halten muss. Was die ganze Sache noch erheblich komplizierter machen würde, als sie ohnehin schon ist.

Meine Hände zittern.

Ich versuche, es zu verbergen, als ich mein Smartphone wegstecke, doch Abena ist es natürlich nicht entgangen.

Sie rutscht ein bisschen näher, legt mir ihre warme, weiche Hand auf die Wange und sagt: »Okay. Dann reden wir jetzt erst mal über dich.«

IM KNAST

Obwohl wir eine ganze Zeit lang über Tim und seine neue »Familie« gesprochen haben statt über meinen bevorstehenden Knastaufenthalt, hat mir das Gespräch mit ihm gutgetan. Vielleicht auch nur, weil es mich von meiner Angst vor dem Gefängnis abgelenkt hat.

Angst? Hab ich wirklich Angst?

Nein, eigentlich nicht.

Oder gut, vielleicht doch ein bisschen. Ist ja auch verständlich, denn ich weiß ja überhaupt nicht, was auf mich zukommt und wie gefährlich es wird.

Einerseits bin ich wohlbehütet. Der Geheimdienst kann mich jederzeit wieder rausholen, und meine Knastzeit ist ohnehin nur äußerst kurz, lediglich ein paar Tage.

Andererseits gehe ich als Spitzel ins Gefängnis. Und das wird von keinem Sträfling gern gesehen. Mit anderen Worten: Wenn das herauskommt oder auch nur der leiseste Verdacht aufkeimt, bin ich fällig. Im Gefängnis werde ich keine Möglichkeit haben, irgendwelchen Angreifern aus dem Weg zu gehen und abzuhauen. Ich wäre möglichen Täterinnen schutzlos ausgeliefert.

Für mich und meine Sicherheit sprechen hauptsächlich zwei Dinge: erstens, ich bin ein Kind. Offiziell eine Jugendliche. In Wahrheit bin ich erst 13, aber in dem Alter käme ich nicht ins Gefängnis und somit nicht zu Shiona. Der Geheimdienst hat also in meinen – ja ohnehin gefälschten – Papieren mein Alter mit 14 angegeben.

Aber auch in diesem Alter vermutet niemand einen Polizeispitzel, schon gar keine Agentin des Geheimdienstes. Das ist ja immer der Vorteil von uns YOUNG AGENTS: Niemand weiß von uns. Und niemand würde glauben, dass es uns gibt, selbst wenn wir es erzählten.

Und der zweite Vorteil: Ich bin ein Mädchen und komme in ein Gefängnis mit lauter Mädchen. Warum auch immer, es ist zumindest kriminalstatistische Tatsache, dass die meisten Gewaltverbrechen – also Schlägereien, Körperverletzung und so weiter – von Männern verübt werden. Wenn Mädchen kriminell werden, dann eher mit Diebstahl, Betrug, Raub und Einbruch. Aber nur eine kleine Minderheit wegen Prügeleien, Totschlag oder Ähnlichem. Selbst die ganz Schlimmen, die jemanden umgebracht haben, tun dies eher mit Gift als mit äußerer Gewaltanwendung. Aber das trifft dann sowieso eher die erwachsenen Frauen als jugendliche Mädchen.

Shiona also gehört als Anführerin eines mafiösen Einbruchclans schon zu den schlimmsten Kriminellen in dem Jugend-Mädchen-Knast, in den ich soeben gebracht wurde.

Persönliche Wertsachen hätte ich abgeben müssen, aber ich hatte gar keine dabei. Zwar hätte ich sicher irgendwie ein verstecktes Smartphone hereinschmuggeln können, um mit den anderen YOUNG AGENTS in Verbindung zu bleiben. Aber wenn es jemandem in die Hände fiele, könnte man meine Kontakte zu den anderen Agenten rückverfolgen. Das darf auf keinen Fall passieren. Ich gehe davon aus, dass Shiona als Tochter eines Mafiabosses hier im Gefängnis eine entsprechende Machtposition innehat. Über sie könnte ich im Notfall sicher an ein Smartphone herankommen. Denn mein einziger Auftrag liegt ja ohnehin darin, Shionas Vertrauen zu gewinnen und sie auszuspionieren. Insofern befinde ich mich in der verrückten Situation, dass die Gefährlichkeit meines Auftrags mir gleichzeitig meine Sicherheit garantiert: Ich muss mich hier im Knast mit Shiona anfreunden, einem der kriminellsten Mädchen, die hier eingesperrt sind.

Damit ich überhaupt etwas abgeben konnte, habe ich ein paar Münzen, eine Halskette und Ohrringe mitgebracht, die ich normalerweise gar nicht trage. Ich habe Waschzeug, Handtücher und Bettwäsche bekommen, außerdem Anstaltskleidung, die wir aber nicht anziehen müssen. Sie dient eher zur Arbeit, wenn wir zum Beispiel in der Wäscherei helfen oder – wie manche es machen – innerhalb des Gefängnisses eine Lehre beginnen, als Schneiderin oder Tischlerin oder so etwas. Das kommt für mich natürlich nicht infrage, aber das weiß hier niemand. Offiziell habe ich angeblich ein Jahr Gefängnisstrafe aufgebrummt bekommen. Unter anderem wegen Beteiligung an Shionas Clan und Einbrüchen mit »Vizes« Clan. Das stimmt zwar in Wahrheit nicht, ist aber meine Legende. Ein weiterer Grund – hoffe ich –, dass mich Shiona sofort als Verbündete betrachtet.

Nach der Aufnahme werde ich zur Zelle 61 geführt, in der mich Shiona empfängt. Allerdings nicht sehr freundlich. Natürlich hat sie im Vorweg erfahren, dass sie eine neue Zellengenossin bekommt. Jetzt hört sie, dass wir kommen. Und noch bevor sie uns sieht, blökt sie los: »Was soll das? Ich will allein in meiner Zelle bleiben. Es ist eng genug hier drin. Das hab ich ja wohl deutlich genug klargemacht!«

Aber der Einfluss, den sie vermutlich bei den anderen Insassen hat, wirkt bei der Gefängnisleitung und dem Wachpersonal natürlich nicht. Ich werde zu Shiona in die Zelle gesteckt.

In Wahrheit natürlich, weil unser Geheimdienst das so will. Wie der Prof das hinbekommen hat, ohne etwas über die Existenz der YOUNG AGENTS zu verraten, ist mir zwar immer noch ein Rätsel. Aber es hat ja wohl geklappt.

Ich muss an einigen anderen Zellen vorbei, die alle offen stehen. In manchen sitzen gleich mehrere Mädchen, andere sind leer. Entweder nicht belegt, oder die Bewohnerinnen sind gerade irgendwo zur Arbeit, zum Sport oder zum Ausgang auf dem Hof.

Von denen, die da sind, treten einige an ihre Tür und beobachten mich, die Neue, mit neugierigen Blicken. Und schon höre ich hier und da Getuschel über meine dunkle Hautfarbe.

Dass es besonders im Knast rassistisch zugeht, war mir schon klar. Auch das Gerede überrascht mich nicht. Selbst im

21. Jahrhundert treffen mich in der U-Bahn, im Bus, in Geschäften immer mal wieder seltsame Blicke, die ausdrücken sollen, dass ich »hierhin«, also nach Deutschland, eigentlich nicht gehöre. Sogar in Hamburg erlebe ich das, einer im Vergleich zu vielen anderen Regionen äußerst weltoffenen Stadt.

Das Getuschel könnte mich fast kaltlassen, denn bei mir stimmt es ja sogar. Ich »gehöre« hier wirklich nicht hin, denn ich habe überhaupt nicht vor, mich in Deutschland anzusiedeln. Ich bin aus rein beruflichen Gründen hier: einmal wegen der Berufe meiner Eltern, die nun mal hier im Konsulat arbeiten, aber sicher eines Tages auch wieder woanders eingesetzt werden. Und dann wegen meines »Berufs« als YOUNG AGENT. Aber das können all jene, die mich auch draußen so schräg ansehen, natürlich gar nicht wissen. Aus der Schule weiß ich aber, dass es vielen ebenso ergeht, obwohl sie selbst hier geboren wurden und deutsche Staatsbürger sind. Nur weil ihre Eltern oder Großeltern aus anderen Ländern gekommen sind und ihre Hautfarbe nicht so käsig ist.

Nun gut, ich gehe also am Getuschel vorbei, das interessanterweise auch von jenen kommt, die selbst erkennbar keinen Stammbaum haben, der in Deutschland wurzelt.

Doch dann sehe ich zum Glück auch schon Shiona!

Erst als ich in der Tür stehe, sieht und erkennt sie mich.

»Abena!«, ruft sie erstaunt aus. »Was machst du denn hier?«

Das finde ich im Gefängnis eine fast schon lustige Frage.

»Öh«, antworte ich. »Das Gleiche wie du, denke ich mal.«

Shiona lacht.

»Du hast recht«, gesteht sie. »Das war eine blöde Frage. Aber wieso haben sie dich...«

Sie bricht ab, schaut zum Vollzugsbeamten, der noch in der Tür steht, wedelt ihn mit einer Handbewegung fort und ruft ihm zu: »Danke! Sie können uns jetzt allein lassen.«

Als ob der Wachmann ihr persönlicher Butler wäre!

Der schüttelt auch nur fassungslos den Kopf und geht dann, was er vermutlich aber auch ohne Shionas Anweisung getan hätte.

Auf mich soll das Gehabe wohl trotzdem den Eindruck machen, dass Shiona hier drinnen alles im Griff und die Macht hätte. Wie auch das folgende Angebot: »Fürs Erste kannst du hier bei mir schlafen.«

Als ob ich sie zu Hause in ihrer Villa besucht hätte.

Ich weiß natürlich, dass Shiona überhaupt kein Mitspracherecht hat und die Gefängnisleitung mich hierhingeschickt hat, ob es Shiona passt oder nicht.

»Wie viel haben sie dir aufgebrummt?«

»Ein Jahr«, antworte ich gemäß meiner Legende.

»Was?« Shiona ist ehrlich empört. »Du hast doch überhaupt nichts gemacht! Außer mir ein paar Infos zu geben. Wofür ich dir natürlich dankbar bin. Auch wenn sie letztlich scheiße waren, weil Vize offenbar einen Spitzel in der Truppe hatte.«

Ich sage nichts dazu, sondern beginne, mein Bett zu beziehen.

»Weißt du etwas darüber?«, hakt Shiona nach.

»Worüber?«, frage ich betont naiv.

»Über den Spitzel bei Vize. Es muss ja einen gegeben haben. Woher sonst wussten die Bullen von unserem Einbruch ins Museum?«

»*Ich* war ein Spitzel bei Vize. *Dein* Spitzel!«, antworte ich, um Shiona möglichst abzulenken von der Suche nach jenen, die damals die Polizei eingeschaltet haben. Denn das waren ja wir: die YOUNG AGENTS.

Shiona lacht. »Ja, das stimmt natürlich. Es muss noch eine Ratte gegeben haben, die mit der Polizei zusammengearbeitet hat. Aber die finden wir. Spätestens wenn wir hier raus sind.«

Ich hab mein Bett fertig bezogen. Bevor ich jetzt aber meine Waschsachen und meine Handtücher in meinem Regal deponiere, unterbreche ich meine Tätigkeit und schaue Shiona an.

»Hier raus?«, frage ich nach. »Wieso? Wirst du bald entlassen?«

Wieder lacht Shiona. »Nein. Sicher nicht.«

»Wie viel haben sie dir denn aufgebrummt?«, hake ich nach.

»Noch gar nichts«, antwortet Shiona. »Ich bin erst einmal in Untersuchungshaft. Mein richtiger Prozess kommt erst noch.«

Wieso aber geht Shiona dann davon aus, hier bald herauszukommen? Das kann eigentlich nur eines bedeuten: Bei der Erpressung des Richters durch die Entführung seiner Tochter fordert Maffei auch, nicht nur ihn und den »Boss« freizusprechen, sondern auch Shiona.

Aber wie soll das gehen? Es ist doch noch gar nicht gesagt, dass zufällig derselbe Richter Shionas Prozess leiten wird. Im Gegenteil: Dafür wird vermutlich ein spezieller Jugendrichter eingesetzt, oder nicht? Ich bin etwas verwirrt. Wie soll das funktionieren? Aber wenn das Maffeis Plan ist, dann wird die Tochter des Richters noch länger entführt bleiben und nicht unmittelbar nach dem Freispruch von Maffei und dem »Boss« freigegeben werden. Nein, das Mädchen wird so lange festgehalten, bis auch Shiona ihren Prozess hat. Das kann Wochen dauern!

Shiona sieht mir meine Verwirrung offenbar an.

Denn ohne dass ich nachgefragt hätte, deutet sie freimütig an: »Ich habe meine eigenen Mittel und Wege, hier bald herauszukommen.«

»Was? Wie?«, frage ich nun doch nach.

»Wart's ab!«, sagt Shiona nur.

DEM GORILLA AUF DEN FERSEN

Während Abena ins Gefängnis gegangen ist, um Shiona auszuspionieren, habe ich vom Prof den Auftrag erhalten, mich an die Fersen des Gorillas zu hängen. Er ist die rechte Hand von Thorsten Maffei, kümmert sich um die Villa, wenn Maffei nicht dort ist, und übernimmt wohl auch sonst alle möglichen Aufgaben wie ein persönlicher Assistent des Gangsterbosses. Wir können also annehmen, dass neben Shiona der Gorilla derjenige ist, dem Maffei vertraut – vermutlich ihm sogar noch mehr als seiner eigenen Tochter. Denn Shiona ist erst in die Geschäfte ihres Vaters eingeweiht worden, als der ins Gefängnis kam. Doch bisher kennen wir YOUNG AGENTS den Gorilla eben auch nur durch Maffeis Villa. Weder wissen wir, wie er heißt, noch, wo er wohnt, noch, was er wirklich alles für Maffei erledigt. Das alles wäre aber wichtig, denn wenn Maffei die Entführung der Richter-Tochter angeordnet hat, dann war es mit hoher Wahrscheinlichkeit der Gorilla, der das ausgeführt und organisiert hat. Deshalb also bin ich gemeinsam mit Billy auf ihn angesetzt worden.

Zuvor aber habe ich etwas anderes zu erledigen. Etwas, das mir viel schwerer fällt, als einen Schwerbrecher zu beschatten: Ich soll meine neuen »Eltern« kennenlernen.

Bisher wohne ich bei Billy. Das funktioniert zwar recht gut, und ich fühle mich dort wohl, aber mir ist klar, dass das keine Dauerlösung sein kann. Die Wohnung ist zu eng, Billys Eltern sind damit langfristig überfordert. Und da Billys Familie selbst eine sogenannte »Problemfamilie« ist, also recht arm, meist verschuldet, die Eltern immer wieder arbeitslos und so weiter, würden sie wahrscheinlich gar nicht die Genehmigung bekommen, mich zu betreuen oder gar zu adoptieren. Genau darum geht es aber: Ich brauche offizielle Pflegeeltern, damit ich nicht mehr als Ausbrecher aus einem Kinderheim gelte und auch die Polizei nicht mehr nach mir fahndet. Daraus, dass die Polizei mich während unseres letzten Falls einmal tatsächlich kurz aufgegriffen hatte, hat die Zentrale des Geheimdienstes gelernt und sich nun recht schnell darum gekümmert, mir eine Pflegefamilie zu »besorgen«.

Nun sitze ich im Büro des Profs, um meine neuen Pflegeeltern kennenzulernen. Noch sind der Prof und ich aber allein.

»Wo haben Sie die Eltern so schnell her?«, frage ich.

»Das spielt keine Rolle«, wiegelt der Prof ab. »Wichtig ist, dass sie dich aufnehmen. Damit hast du eine offizielle Adresse.«

»Wissen sie Bescheid?«, hake ich nach.

»Na ja«, räumt der Prof ein. »So ganz ohne ginge es ja nicht. Aber es ist in etwa so wie bei Billys Eltern: Sie wissen es vom Grunde her, aber keine Details. Und sie werden auch nicht fragen.«

Und mit einem Schlag wird mir alles klar. Ehrlich gesagt hatte ich gedacht – oder zumindest gehofft –, ich würde in eine Agentenfamilie kommen. So ähnlich wie Abenas Eltern, die ja selbst einmal Agenten waren. Oder vielleicht sogar noch besser: Eltern, die jetzt noch aktive Agenten sind. Dann wäre ich sozusagen der Sohn von, sagen wir, James Bond und Lara Croft oder so. Oder zumindest von einem Millionärsehepaar, das insgeheim den Geheimdienst unterstützt. Ja, so ein bisschen wie Bruce Wayne, das Alter Ego von Batman. Tätig als Agent und im privaten Tarnleben der Adoptivsohn eines stinkreichen Millionärsehepaars. Yeah, das wäre cool!

»Tim?«, ruft der Prof mich aus meinen Tagträumen.

»Ja?« Ich bin wieder in der Realität gelandet und weiß, keiner von all meinen schönen Wünschen wird sich erfüllen. Ganz im Gegenteil. »Wie Billys Eltern«, hat der Prof eben gesagt. Und das bedeutet nichts anderes, als dass der Geheimdienst ein Ehepaar gefunden hat, das so tief in der Scheiße steckt – um es mal krass auszudrücken –, dass die sich gegen regelmäßige Bezahlung darauf einlassen, mich, einen YOUNG AGENT, bei sich aufzunehmen und über alles zu schweigen. Eben ganz so »wie bei Billys Eltern«, nur dass die seine leiblichen Eltern sind.

Obwohl mir soeben sonnenklar geworden ist, dass es sich genauso verhält, frage ich trotzdem noch mal nach.

Der Prof bestätigt meine Vermutung.

»Natürlich«, antwortet er. »Meinst du, die Eltern stehen vor meinem Büro Schlange, um kleine Kinderagenten aufzuziehen? Niemand weiß von euch. Deshalb müssen wir Eltern aussuchen, die so sehr auf unser Geld angewiesen sind, dass sie uns garantiert nie verraten.«

Ich verziehe das Gesicht. Schon klar! Trotzdem Mist.

»Dann könnte ich doch bei Billy bleiben«, wende ich ein. »Seine Eltern kenne ich wenigstens schon und komme gut mit ihnen klar.«

»Aber die kommen nicht mit zwei Agentenkindern klar«, sagt der Prof entschieden. »Außerdem besteht bei jedem Fall erneut die Gefahr, dass einer von euch auffliegt. Damit es dann auch wirklich nur einer ist, solltet ihr möglichst nicht zusammenwohnen. Dass Naomi, Charles und Balu zusammen in einer Agentenwohnung leben, ist schon extrem ungünstig und eine absolute Ausnahme. Auf lange Sicht werden wir das auch noch ändern.«

»Ich verstehe«, antworte ich kleinlaut. Und füge meine nächste Frage hinzu: »Und? Was sind meine neuen Eltern denn von Beruf?«

»Ach, das ist eigentlich sehr praktisch«, antwortet der Prof. »Sie betreiben eine kleine Imbissbude.«

»Einen Imbiss?«, wiederhole ich. In dem Moment weiß ich nicht einmal, ob ich das gut oder schlecht oder seltsam finden soll. Ich bin einfach nur überrascht. Denn ehrlich gesagt hatte ich damit überhaupt nicht gerechnet.

»Ja«, bestätigt der Prof. »Das ist doch perfekt.«

»Öh… Okay…«, stottere ich.

»Das Beste daran ist, dass deine neuen Pflegeeltern von früh bis spät in diesem Imbiss zu tun haben. Morgens auf dem Markt einkaufen, dann die Mahlzeiten vorbereiten, denn das erste Hauptgeschäft geht schon in der Mittagszeit los. Und dann bis spät in den Abend. Der Imbiss hat bis 23 Uhr geöffnet. Das heißt, du bist mehr oder weniger den ganzen Tag allein zu Hause und kannst unbehelligt deinen Aufgaben als Agent nachgehen.« Der Prof räuspert sich. »Und deinen Hausaufgaben natürlich.«

»Hausaufgaben?« Wieder schaffe ich es nur, das Wort zu wiederholen.

»Natürlich«, fährt der Prof fort. »Zu deiner neuen Identität gehört es ja auch, dass du ganz normal zur Schule gehst.«

»Etwa…«

Der Prof nickt, denn er weiß schon, was ich fragen will.

»Genau: in dieselbe Schule wie Abena und Billy. Nur zwei Klassenstufen tiefer.«

Mist! denke ich. Mit das Schönste an meinem derzeitigen Agentendasein und zuvor dem Leben als Flüchtling aus einem Heim war, dass ich nicht zur Schule musste. Gegenüber dem Prof aber sage ich natürlich: »Oh! Toll!«

Aber der Prof ist mit seinem Begeisterungssturm noch nicht zu Ende. »Und im Keller der Imbissbude könnt ihr YOUNG AGENTS künftig eure Meetings abhalten. Niemandem fällt es auf, wenn eine Gruppe von Kids in einem Imbiss verschwindet und sich dort regelmäßig trifft.«

»Okay«, sage ich. »Dann können wir uns bei unseren Treffen wenigstens den Bauch mit Currywurst vollschlagen. Wie hier bei Ihnen im Bunker. Oder mit Döner?«

Der Prof schüttelt den Kopf.

»Weder noch«, sagt er. »Es ist ein thailändischer Imbiss. Hatte ich das noch nicht gesagt?«

»Oh!«, rufe ich ehrlich verdutzt. »Das hätte ich jetzt wirklich nicht gedacht, dass deutsche Eltern einen thailändischen Imbiss betreiben.«

»Na ja«, präzisiert der Prof. »So ungewöhnlich ist es eigentlich nicht. Sie haben die deutsche Staatsbürgerschaft seit fünfzehn Jahren. Aber geboren und aufgewachsen sind sie in Thailand.«

»Moment mal«, werfe ich ein, um es richtig zu verstehen. »Ich bekomme ein thailändisches Ehepaar als Pflegeeltern?«

»Ja!«, erwidert der Prof. »Wieso denn nicht?«

»Öh …«, stottere ich. Und denke: Stimmt eigentlich. Wieso nicht?

NACHT IM GEFÄNGNIS

Meine erste Nacht im Gefängnis. Ich liege unten im Etagenbett. Über mir höre ich Shiona ganz leise schnarchen. Trotzdem kann ich mir nicht hundertprozentig sicher sein, ob sie wirklich schläft. Ich denke, im Knast sollte man auf alles gefasst sein. Ich bin es jedenfalls, und vermutlich ist das der Grund, weshalb ich immer noch nicht eingeschlafen bin.

Unsere Armbanduhren durften wir behalten. Aber meine Agentenuhr habe ich nicht um, das wäre zu gefährlich, falls man sie mir raubt und dann entdeckt, was alles in ihr steckt. Also trage ich nur eine normale Sportuhr, mit der sich leider nicht viel mehr anstellen lässt, als die Zeit abzulesen. Eine halbe Stunde nach Mitternacht. Seit zweieinhalb Stunden ist das Licht aus, und wir dürfen es auch nicht wieder anschalten. Es herrscht Nachtruhe.

Ich liege auf dem Rücken, starre auf die Unterseite von Shionas Bett und lasse meinen Blick durchs Zimmer schweifen, das nur vom einfallenden Licht des Vollmonds schwach beleuchtet wird und mich alle Konturen im Raum gut erkennen lässt. Ein Schreibtisch steht an der Wand gegenüber von unserem Bett. Shiona hat ihn komplett zu einem Schminktisch umfunktioniert, vollgepackt mit Kosmetika. Darüber hängt ein großer Spiegel mit eigener Beleuchtung, den sie wohl nur mit einer Sondergenehmigung hier aufhängen durfte. Das ganze Ensemble lässt unsere Zelle auf den ersten Blick wie eine Theatergarderobe erscheinen. Links vom Schreibtisch vervollständigt ein schmaler Kleiderschrank diesen Eindruck. Er ist vollgestopft mit Shionas Klamotten, sodass ich meine wenige Kleidung unter dem Bett verstauen musste. Rechts vom Schreibtisch haben wir ein eigenes Waschbecken, ebenfalls mit Spiegel, dann kommt der Paravent, der unsere Toilette verdeckt. Eine Zelle, wie man sie aus Filmen und Büchern kennt. Außer dass Shiona vor das große Fenster weiße Gardinen gehängt hat, zwar transparent, dennoch sieht man die Vergitterung des Fensters kaum. Links von Shionas überdimensioniertem Schminkspiegel ist ein Fernseher an der Wand angebracht, den wir aber zumindest heute nicht ein einziges Mal angestellt hatten. Ich weiß also gar nicht, ob er funktioniert und welche Programme man hier bekäme. Shiona trägt den ganzen Tag In-Ear-Kopfhörer, sodass ich meist gar nicht genau weiß, wann man sie ansprechen kann und wann nicht.

Ich denke an meine Eltern, die sich vermutlich riesige Sorgen um mich machen, obwohl sie vollends mit meiner Agententätigkeit einverstanden sind. Ich vermisse sie, obwohl ich sie vermutlich gar nicht oder nur kaum sehen würde, wenn ich jetzt zu Hause wäre. Mein Vater weilt gerade für einen zweitägigen Empfang in Rostock. Und meine Mutter hat auch in

Hamburg stets einen prallvollen Terminkalender und kommt oft erst sehr spät nach Hause. Da sie vor allem für wirtschaftliche Beziehungen zuständig ist, wandert sie von einem Geschäftsempfang zum nächsten Geschäftsessen, von der Einweihung irgendwelcher neu gegründeter Unternehmen zu ausschweifenden und verrückten Partys junger, erfolgreicher Start-ups. Ich habe meiner Mutter mal gesagt, wie sehr ich sie darum beneide, jeden Tag von irgendwelchen Leuten in die feinsten Restaurants eingeladen zu werden. Aber meine Mutter sagte nur, ihr hänge das zum Hals heraus und sie sehne sich nach einer ordentlichen Portion Chichinga mit Waakye, wie meine Großmutter es immer zubereitet habe.

Hier im Gefängnis gibt es um 18 Uhr »Abendbrot«, wie es in Deutschland heißt. In Ghana kennen wir das gar nicht, und auch bei uns hier zu Hause essen wir es nicht. Obwohl es mir ganz gut gefällt: Es werden Körbchen auf den Tisch gestellt, mit zwei verschiedenen Brotsorten. Man nimmt sich eine Scheibe und belegt sie mit dicken Wurst- oder Käsescheiben. Shiona hat mir erzählt, dass das in Deutschland durchaus üblich ist. Das hatte ich bisher noch nicht mitbekommen. Zu Hause mit meinen Eltern essen wir abends eine Pfeffersuppe, oder Mama oder Papa kochen mal irgendetwas nach, was sie zuvor in einem Restaurant gegessen haben. Meine Mama und ich mögen am liebsten italienische Pasta mit verschiedenen leckeren Soßen. Das kommt uns sehr entgegen, weil auch wir in Ghana gern viel verschiedene Soßen zubereiten. Aber ansonsten ist es ein bisschen schwierig, hier in Deutschland Speisen, die ich aus Ghana kenne, zu kochen, da viele Zutaten wie Maniok oder verschiedene Pfeffersorten gar nicht so leicht zu bekommen sind. Jedenfalls musste ich erst ins Gefängnis gehen, um die spezielle deutsche Esskultur des »Abendbrots« kennenzulernen.

Noch immer schnorchelt Shiona über mir friedlich im Tiefschlaf, und ich denke, ich kann es jetzt mal wagen, ihre Sachen zu durchsuchen. Vielleicht finde ich einen Hinweis, ob und wie sie Kontakt zu ihrem Vater hält. Vielleicht entdecke ich sogar einen Hinweis zur Entführung der Richter-Tochter, aber das wäre dann wirklich der Sechser im Lotto. Es wäre schon grandios genug, wenn ich einen Hinweis darauf finden würde, was Shiona gemeint haben könnte mit ihrer geheimnisvollen Bemerkung, sie habe ihre »eigenen Mittel und Wege«, hier bald herauszukommen.

Ich steige also langsam und leise aus meinem Bett, sehe auf Shiona und versuche, im Mondlicht zu erkennen, ob sie wirklich schläft. Aber Shiona hat ihr Gesicht zur Wand gedreht. Ich mache langsam die zwei, drei Schritte zum Kleiderschrank, öffne die Tür und – erschrecke!

Verflixt! Die Tür knarrt.

Ich halte sofort inne, werfe einen schnellen Blick zu Shiona. Doch die rührt sich nicht. Gaaaaaanz langsam ziehe ich die Tür ein kleines Stückchen weiter auf, stoppe aber sofort wieder. Es hat keinen Sinn. Das Knarren ist zu laut. Wenn ich die Tür weiter öffne, wird Shiona bestimmt von dem Geräusch aufwachen. Also bleibt mir nur noch eine Möglichkeit:

Ich muss die Tür schnell ganz aufreißen. Das erzeugt zwar auch ein lautes Geräusch, aber nur für einen Sekundenbruchteil.

Eins ... zwei ... drei ... und ruck!

Ein lautes Knarren, schon wieder vorbei.

Die Tür ist offen. Ich halte inne, schaue rüber zu Shiona. Sie rekelt sich im Schlaf, dreht sich um und – schläft weiter. Jetzt allerdings das Gesicht dem Raum zugewandt. Wenn sie nur einmal kurz die Augen öffnet, sieht sie mich sofort. Das ist schlecht, lässt sich aber nicht ändern.

Ich schaue in den Schrank und muss mich dabei sehr konzentrieren, um überhaupt etwas erkennen zu können. Es ist dunkel, und das ohnehin fahle Mondlicht schafft es nicht bis ins Innere des Schranks. Licht anknipsen geht nicht. Eine Taschenlampe haben wir in unserer Zelle nicht, aber die hätte ich jetzt sowieso nicht angeschaltet. Also muss ich eher tasten als gucken. Allerdings weiß ich gar nicht, wonach ich suche. Nach einem Zettel vielleicht, einer Notiz? Eher unwahrscheinlich. Ich vermute eher, dass Shiona illegal ein Handy besitzt und dieses irgendwo versteckt hat. Aber würde *ich* es im Schrank verstecken? Eigentlich nicht. Nur, viele andere Möglichkeiten gibt es hier nicht. Die klassischen Verstecke schließen sich von selbst aus. Unterm Kopfkissen, in der Bettdecke oder im Spülkasten der Toilette, da schauen die Wächter doch zuerst nach, wenn sie eine Zelle durchsuchen. Also doch im Schrank? Vielleicht versteckt im Saum einer Kapuze oder so?

Ich taste Shionas Wäschestapel penibel ab, jedes einzelne Wäschestück für sich.

Da! Ich fühle etwas!

Ich greife danach. Und erwische eine kleine, metallene Bonbondose. Ich öffne sie vorsichtig – und schaue auf eine ganze Palette von Pfefferminzbonbons. Aber wenn in der Dose wirklich nur Bonbons wären, würde Shiona sie kaum so weit hinten im Schrank verstecken. Ich schütte mir die Bonbons in die linke Hand und taste mit der rechten den Boden der Dose ab, der sich tatsächlich anheben lässt. Eine Dose mit doppeltem Boden. Darunter finde ich... Nein, kein Handy, sondern ein Bündel mit Geldscheinen: lauter Hunderter! In der Bonbondose befinden sich – soweit ich es im Dunkeln überschlagen kann – etwa zweitausend Euro.

Jetzt weiß ich zwar, wie Shiona sich hier ihre Macht und Gefälligkeiten erkauft, leider hilft mir das aber überhaupt nicht weiter. Das ist nicht das, wonach ich suche. Nicht mal die Frage, wie Shiona das Geld hier ins Gefängnis bekommen hat, interessiert mich, denn das scheint mir auf der Hand zu liegen: sehr wahrscheinlich durch die Besuche eines Anwalts, der mit Sicherheit zu Maffeis Clan gehört.

Ich lege schnell das Geld zurück in die Dose, stecke den doppelten Boden wieder drauf und schütte die Bonbons zurück, als Shiona plötzlich fragt: »Was tust du da?«

Ich zucke erschreckt zusammen. Aber zum Glück nicht allzu sehr, denn natürlich war ich innerlich darauf gefasst, dass Shiona aufwachen könnte.

»Hast du ein Taschentuch?«, frage ich sie. »Meine Nase ist verstopft, und ich wollte dich nicht wecken.«

»Und deshalb schnüffelst du an meinen Sachen herum? Nimm doch Klopapier!«, pflaumt Shiona mich an.

»Okay.« Auch für Shiona ist es ja dunkel, sodass ich schnell und unbemerkt die Dose zurück in den Wäschestapel schieben kann, bevor ich die Schranktür wieder schließe.

»Du hast nicht an meinen Sachen rumzufummeln, ist das klar?«, schnauzt Shiona mich weiter an.

»Klar«, antworte ich unterwürfig.

»Zeig deine Hände!«, fordert Shiona mich auf.

»Was?«, frage ich verdutzt.

»Zeig deine Hände!«, wiederholt sie.

Ich strecke meine Hände vor. »Was soll das? Hältst du mich für eine Diebin?«

Shiona lacht auf. »Ha! Der war gut. Weshalb bist du wohl hier?«

Stimmt! Offiziell wurde ich ja eingesperrt, weil ich eine Einbrecherin und Diebin bin. Das hatte ich für einen Moment glatt vergessen.

Shiona legt sich wieder hin und dreht sich zur Wand, um weiterzuschlafen.

Ich hole mir ein Stück Klopapier und schnäuze aus, um nicht noch mehr Verdacht zu erregen. Dann lege auch ich mich ins Bett, um endlich einzuschlafen. Mein erster Versuch also war erfolglos.

WILDE JAGD

Ein seltsames Gefühl. Ich stehe vor dem roten Backsteinhaus in einem alten Wohngebiet aus den 1920er-Jahren, das mein neues Zuhause sein wird. Anders als bei Billy, bei dem ich ja in der achten Etage eines zwölfstöckigen Hauses gewohnt habe, hat dieses Wohnhaus nur vier Stockwerke. Meine neuen »Eltern« haben ihre Zweieinhalb-Zimmer-Wohnung im zweiten Stock. Das halbe Zimmer ist für mich. Es wird klein und eng sein, aber erstens bin ich selbst ja kleinwüchsig, und zweitens ist es das erste Mal in meinem Leben, dass ich ein eigenes Zimmer habe. Da ist es mir ehrlich gesagt völlig egal, wie klein es ist und wie es eingerichtet wurde. Es ist einfach nur grandios.

Ich atme noch einmal tief durch, dann steige ich die zwei Stockwerke hinauf und läute an der Tür.

Sofort wird mir geöffnet, und meine Pflegeeltern stehen vor mir, als hätten sie seit geraumer Zeit direkt hinter der Haustür auf mich gewartet. Beide lächeln mich an, legen die Handflächen aneinander und verbeugen sich: eine asiatische Begrüßung, die mir deutlich besser gefällt als das Händeschütteln oder gar Umarmen, wie es in Deutschland üblich ist. Also ahme ich es sofort nach und begrüße meine neuen Eltern ebenso.

»Anyamanee«, sagt meine Pflegemutter.

Ich halte es für ein thailändisches Begrüßungswort. Doch bevor ich »Hallo« antworten kann, sagt mein Pflegevater »Chanchai« und deutet auf sich.

Jetzt begreife ich, dass das ihre Namen sind. Und bin erleichtert. Denn ich hatte mich schon gefragt, wie ich sie ansprechen soll. »Mutter« und »Vater« hätte ich irgendwie unpassend gefunden, auch wenn ich zu meiner leiblichen Mutter derzeit keinen Kontakt habe und meinen leiblichen Vater ohnehin nicht kenne.

»Tim«, stelle ich mich vor.

»Ja, wissen wir«, sagt Anyamanee und hält mir einen Hausschlüssel entgegen. »Herzlich willkommen in deinem neuen Zuhause.«

»Danke!«, sage ich. »Ich freue mich sehr.« Und das ist keine Höflichkeitsfloskel.

»Willst du gleich dein Zimmer sehen?«, fragt Chanchai.

Ich nicke eifrig. »Sehr gern.«

Die beiden treten in dem engen Flur beiseite und bilden somit ein Spalier, durch das ich geradeaus auf mein Zimmer zugehe.

Hinter mir höre ich Anyamanee lachen.

»Das ist das Bad«, ruft sie mir zu. »Dein Zimmer ist die Tür links davor.«

Ich öffne sie und – staune. »Wow!«

Meine Pflegeeltern treten zögerlich an mich heran. »Wir wussten nicht, was dir gefallen könnte. Da haben wir es so gemacht. Wir können es jederzeit ändern!«

»Ändern?«, rufe ich. »Es ist fantastisch!«

Das Zimmer ist zwar wie erwartet sehr klein, aber das stört mich überhaupt nicht.

Mein Schlafplatz besteht aus einem lindgrünen Futon auf einem schwarzen Futongestell. Daneben ein kleines schwarzes Tischchen mit einer orangefarbenen Salzlampe. Am Fußende eine Bambuspflanze in einem großen Blumentopf. An der Wand steht ein kleiner Kleiderschrank aus Bambusholz. An der Seitenwand gegenüber vom Futon ist noch Platz für einen schmalen Schreibtisch, der aus einer Teakholzplatte auf zwei Stützen aus Bambus hergestellt ist. Darauf eine Tischlampe mit warmem, gedämpftem Licht. Vor Freude schießen mir die Tränen in die Augen.

Über meinem Futon hängt ein Bild, das einen Jaguar – mein Lieblingstier – im Dschungel zeigt. Es fällt mir sofort auf, weil die Augen des Jaguars plötzlich rot blinken. Ich weiß, was das bedeutet. Es ist kein einfaches Poster, das dort im Bilderrahmen an der Wand hängt. Sondern eines wie das von Fußballspieler Ronaldo bei Billy zu Hause, in dem der Geheimdienst-Computer versteckt ist.

Mit anderen Worten: Die blinkenden Augen der Raubkatze bedeuten, dass der Prof ruft. JETZT? Muss das sein?

Meine neuen Pflegeeltern wissen Bescheid. Sofort ziehen sie sich zurück.

»Wir können später ausführlicher miteinander sprechen und uns kennenlernen«, sagt Anyamanee. »Nun hast du zu tun.«

Die beiden schließen von außen meine Zimmertür, und auf dem eingerahmten Poster verschwindet der Jaguar, und der Prof erscheint. Allerdings funktioniert es nicht ganz so perfekt, wie es sein sollte. Der Jaguar verschwindet nicht vollends, und die Ränder des Übertragungsbilds sind unscharf. Heraus kommt das Porträt des Profs – mit Jaguar-Ohren!

»Hallo!«, begrüßt mich der Prof, während ich mir die Hand vor den Mund halte und versuche, mein Lachen zu unterdrücken. »Herzlich willkommen in deinem neuen Zuhause.«

»Danke!«, kiekse ich. Denn soeben habe ich entdeckt, dass auch die Schnurrhaare des Jaguars auf dem Gesicht des Profs noch zu sehen sind. Der Prof wirkt, als hätte er mich mit einer Spaß-Foto-App angerufen. Was überhaupt nicht zum Ernst der Lage passt. Ich dachte bis eben, der Prof hätte sich gemeldet, um mich willkommen zu heißen und zu fragen, ob ich mich wohlfühle. Weit gefehlt. Er kommt – wie immer – sofort zur Sache: »Wir haben soeben erfahren, dass der Gorilla auf dem Weg zur Maffei-Villa ist. Du und Naomi müsst dorthin zur Beschattung.«

»Wann?«, frage ich.

Doch da ist der Prof schon wieder aus dem Bild verschwunden, und der Jaguar erscheint wieder.

Im nächsten Moment öffnet sich die Tür meines neuen Zimmers.

Sicher meine Pflegeeltern, die das Willkommensgespräch mit mir fortsetzen wollen. Doch plötzlich steht Naomi in der Tür und fragt: »Und? Bist du fertig?«

»Hä? Was?«, stottere ich. »Ich hab doch eben noch …«

Ich zeige verdattert abwechselnd zum Bilderrahmen und zu Naomi. »Wie …?«

»Hat er dich eben erst informiert?«, fragt Naomi.

»Ja!«

Naomi verzieht das Gesicht. »Unglaublich. Beeil dich. Der Wagen wartet.«

»Welcher Wagen?«, frage ich verwundert.

Wir YOUNG AGENTS *können* zwar Auto fahren, aber wir *dürfen* es nicht. Zu groß ist die Gefahr, dass es jemandem auffällt, wenn plötzlich zwölf- oder 13-jährige Kinder am Lenkrad eines Autos sitzen und durch die Stadt gurken. Deshalb sind wir entweder immer nur mit dem E-Bike oder mit der Drohne unterwegs. Die Drohne fliegt schnell und zu hoch, als dass uns jemand sehen könnte. Doch dieses Mal hat Naomi eindeutig von einem »Wagen« gesprochen.

»Du wirst schon sehen«, antwortet sie. »Nun komm schon.«

Ich will ihr gerade folgen, da bleibt Naomi stehen: »Deinen Rucksack nicht vergessen!«

Kinder mit Rucksäcken sind vollkommen unauffällig. Jeder Passant denkt, wir kommen gerade aus der Schule und sind auf dem Weg zum Sport oder zur Nachhilfe oder auch nur zu einem Verwandtenbesuch. Ein älteres Kind allein ohne Rucksack unterwegs ist mittlerweile fast auffälliger als eines mit. Das ist unser Vorteil. So können wir ein paar wesentliche Dinge unserer Agentenausrüstung bei uns tragen, ohne dass es auffällt oder wir es umständlich in unsere Kleidung stopfen müssten, um es vor der Außenwelt zu verbergen. Also schnappe ich mir meinen Rucksack, und Naomi und ich ziehen los.

Bis zu einem Fiat-Ducato-Wohnmobil, das Naomi per Zündschlüssel-Fernbedienung öffnet.

»Das ist unserer?«, frage ich noch immer verwundert, während ich einsteige.

Der Wagen hat alles: ein großes Bett, eine Küchenzeile, ein WC, eine getrennte Dusche und eine kleine Sitzecke.

»Wir müssen die Villa bewachen«, erklärt mir Naomi. »Rund um die Uhr. Im Schichtdienst können wir schlafen, essen, duschen …«

Ich öffne den Kühlschrank. Er ist prall gefüllt. Irre.

Naomi setzt sich wie selbstverständlich ans Lenkrad. Und zeigt auf den Beifahrersitz. »Setz dich und schnall dich an. Im Wohnmobil herumzulaufen, ist während der Fahrt verboten.«

»Dass Kinder ein Wohnmobil fahren, ist auch verboten!«, erwidere ich.

»Eben«, sagt Naomi. »Ein Verstoß reicht doch.«

Ich setze mich, schnalle mich an, und Naomi lässt den Wagen an.

Sie startet tatsächlich das Wohnmobil und fährt los! Das ist vollkommen irre.

»Was ist, wenn sie uns erwischen?«, frage ich.

»Nur die Polizei darf uns nicht erwischen«, behauptet Naomi. »Die meisten anderen Autofahrer werden uns gar nicht bemerken. Sie achten auf den Verkehr, auf die Ampeln, auf ihr Handy, ihr Navi, ihr Radio, auf alles Mögliche, aber nicht darauf, wer im Wagen neben ihnen am Steuer sitzt. Und wenn sie es doch tun, dann werden sie gar nicht glauben, was sie sehen: ein Kind hinterm Lenkrad. Sie werden sich eher sagen: Komisch, die Frau sieht echt kindlich aus!«

Naomi lacht, als sie mir die Reaktion solcher Autofahrer vorspielt.

»Und die Polizei?«, frage ich nach.

»Die würde das vermutlich überprüfen. Aber dann sind wir halt ein paar durchgeknallte, schlecht erzogene Kids, die den Wagen ihrer Eltern geklaut haben oder so. Wir sind noch nicht strafmündig«, erklärt sie.

Doch ich bin entrüstet!

»Schlecht erzogen? Das Wohnmobil unserer Eltern?«, wiederhole ich. »Du willst das gleich meinen neuen Pflegeeltern in die Schuhe schieben? Ich bin gerade froh, sie überhaupt zu haben!«

»Ja, schon gut«, versucht Naomi mich zu beruhigen. »Dann nehmen wir eben den Prof.«

Doch ich bin echt aufgebracht.

»Dein Prof?«, fauche ich sie an.

Naomi schaut mich an und grinst. »Ja! Wieso nicht? Den gebe ich als meinen Onkel aus oder so. Den Rest wird der Prof schon regeln!«

»Und hinterher macht der uns die Hölle heiß«, prophezeie ich.

»Das stimmt«, gibt Naomi zu. »Aber die Polizei wären wir los. Außerdem: Erst einmal muss uns überhaupt ein Polizist anhalten. Mach dir also nicht gleich in die Hose!«

Naomi lacht und gibt Gas.

Die ist wahnsinnig, finde ich. Und ehrlich gesagt glaube ich, Naomi ist nur auf den Geschmack gekommen. Als sie mich in Hannover aus dem ICE nach München befreit hat, ist sie anschließend zusammen mit Billy in einem gestohlenen Sportwagen zurück nach Hamburg über die Autobahn gerast. Seitdem will sie offenbar das Autofahren als Agentin nicht mehr missen und versucht, jede Gelegenheit auszunutzen, um sich einen Wagen zu schnappen.

»Was sagt denn der Prof dazu?«, frage ich.

»Der denkt, das Wohnmobil wurde vom Geheimdienst direkt vor Maffeis Villa für uns abgestellt, damit wir es im Stand benutzen können«, erläutert Naomi und lacht wieder. »Das stimmt auch. Aber ich habe es genommen, um dich abzuholen.«

»Du bist total verrückt!«, sage ich. »Und im Übrigen fährt hinter uns ein Polizeiwagen.«

Im Seitenspiegel kann ich ihn sehen.

Auch Naomi schaut nun in den Außenspiegel auf ihrer Seite und entdeckt die Polizei.

Seelenruhig öffnet sie das Handschuhfach, zieht ein weißes Baseballcap heraus und setzt es sich auf. Anschließend greift sie auf die Sonnenblende, zieht von dort eine tiefschwarze Sonnenbrille hervor, die sie ebenfalls aufsetzt, und schiebt sich das bunte Halstuch, das sie trägt und über das ich mich schon gewundert hatte, hoch bis unter die Nase, die nun das Einzige ist, was von ihrem Gesicht noch zu sehen ist.

Vor uns springt die Ampel auf Rot. Naomi lenkt den Wagen auf die linke Spur der zweispurigen Straße. Prompt hält der Polizeiwagen rechts von uns.

»Was soll das?«, frage ich. »Vielleicht wäre der Wagen hinter uns geblieben!«

»Vielleicht«, betont Naomi. »Vielleicht auch nicht. Aber so sieht er uns von rechts, und das heißt: zuerst dich.«

Ich weiß, was Naomi damit sagen will. Ich bin – fast –

kleinwüchsig. Sehen die Polizisten Naomi über mich hinweg, wirkt sie automatisch größer und somit älter.

»Na toll«, meckere ich. »Ich darf wieder das Kleinkind spielen, ja?«

»Genau«, bestätigt Naomi.

Ihr Grinsen ist hinter dem bunten Halstuch nicht zu erkennen, aber ich erkenne es an ihren Augen.

Doch als die Polizisten zu uns hinüberschauen, zieht sie das Tuch sogar herab, legt damit die untere Hälfte ihres Gesichts frei, lächelt freundlich zu den Beamten hinüber und zeigt damit: *Seht ruhig her! Ich habe nichts zu verbergen.*

Die Ampel springt auf Grün, der Polizeiwagen fährt los; Naomi bleibt noch einen kleinen Augenblick stehen, fährt dann langsamer an und reiht sich hinter dem Polizeiwagen auf der rechten Spur ein. Der Polizeiwagen biegt an der nächsten Kreuzung rechts ab, während wir weiter geradeaus fahren.

»Siehst du«, sagt Naomi. »Gute Tarnung ist alles.«

EINE BÖSE ÜBERRASCHUNG

Mein Glück ist, dass ich Shionas Vertrauen gewonnen habe. Ich stehe somit unter ihrem Schutz. Das allerdings wird mir erst an diesem Morgen so richtig klar.

Wir versammeln uns alle im Gemeinschaftsraum zum Frühstück.

Fünf große Tische stehen im Saal, jeweils mit zwei Sitzbänken ohne Lehnen. Insgesamt sind wir derzeit 43 jugendliche weibliche Häftlinge. An jedem Tisch also im Schnitt acht bis neun junge Mädchen. An unserem Tisch allerdings nur sechs.

Shiona setzt sich in die Mitte des ersten Tisches. Erst als sie sitzt, gruppieren sich andere Mädchen neben sie und setzen sich. Als ob eine Königin an der Tafel Platz genommen hätte. Direkt ihr gegenüber will sich ein Mädchen setzen, das ich so auf 16 oder 17 schätze. Sie trägt ein ärmelloses Shirt, die Oberarme sind tätowiert, die Haare hell blondiert mit dunkelroten Strähnen (wer auch immer ihr hier im Gefängnis die Haare so stylt!), die Lippen knallrot. Im rechten Nasenflügel trägt sie einen Silberring. Kurzum, ein Mädchen, mit dem ich mich nicht anlegen würde – wenn ich keine ausgebildete Agentin wäre.

Shiona aber sieht das Mädchen nur scharf an, schon rückt es einen Platz weiter.

Es hat sich hier sehr schnell herumgesprochen, wessen Tochter Shiona ist, und sie weiß das weidlich auszunutzen.

Shiona bietet mir mit einer Handbewegung diesen Platz an.

Innerlich zögere ich. Doch dann wird mir klar, dass ich hier keine Schwäche oder gar Unsicherheit zeigen darf. Ich bin die Vertraute der »Oberchefin«, damit stehe ich in der Hierarchie der Insassinnen offenbar recht weit oben. Und so muss ich mich dann auch verhalten. Selbstbewusst, stark und mächtig. Wie selbstverständlich setze ich mich nun zu Shiona und werfe dem tätowierten Mädchen einen mahnenden Blick zu: *Wag es nicht, dich noch einmal auf MEINEN Platz zu setzen!*

Das Mädchen schweigt. Und ich weiß, sie hat verstanden.

»Janine«, stellt Shiona mir das Mädchen vor.

»Okay«, erwidere ich, ohne den Kopf zu drehen und das Mädchen anzuschauen, womit ich deutlich zu verstehen gebe: *Du bist mir völlig schnuppe. Komm mir bloß nicht noch mal in die Quere.*

Links und rechts von Shiona sitzen zwei weitere Mädchen. Das von mir aus gesehen links erscheint mir etwas jünger, das andere etwas älter als Shiona. Die Jüngere hat lange, glatte schwarze Haare mit dunklen Augen und eine leicht bräunliche Haut. Das andere Mädchen ist rothaarig, hat Sommersprossen und ist somit für mich absolut neu. Weder in Ghana noch hier an meiner deutschen Schule oder in der Nachbarschaft habe ich je einen Menschen mit so roten Haaren und einer derartigen Menge an Sommersprossen gesehen. Ehrlich gesagt weiß ich nur durch ein Buchcover, auf das ich zufällig in der Schulbibliothek gestoßen bin, dass es Sommersprossen überhaupt gibt. Die Schulbibliothekarin hatte mir das Buch sogar wärmstens empfohlen. Aber ich hatte dankend abgelehnt, die Geschichte über ein Mädchen zu lesen, das »Pippi« heißt. Als ob die sich regelmäßig einnässen würde. Geschichten von Schriftstellerinnen aus Ghana oder welche, die wenigstens in meiner Heimat spielen, gab es in der Bibliothek leider nicht.

Allen drei Mädchen liegt mit Sicherheit die Frage auf den Lippen, wo ich denn herkomme, doch niemand traut sich, überhaupt etwas zu sagen, solange Shiona sie nicht dazu auffordert.

Shiona stellt mir die beiden neben sich vor: Xenia und Johanna.

Gerade will sich das sechste Mädchen zu uns an den Tisch setzen, doch ein weiterer Augenaufschlag von Shiona genügt, und Janine und das neue Mädchen, das gerade dazukommen wollte, verziehen sich. Nun sitzen wir nur noch zu viert an unserem Tisch: Xenia, Johanna, Shiona und ich.

Johanna erhebt sich kurz und holt etwas hervor, das ich auf den ersten Blick für ein Sitzkissen halten würde. Erst beim zweiten Hinsehen erkenne ich, dass es sich um ein frisch gewaschenes und gebügeltes weißes T-Shirt handelt, das Johanna jetzt Shiona überreicht.

»Direkt aus der Wäscherei«, sagt Johanna.

Shiona nimmt es wortlos entgegen. Kein Wort des Dankes oder Ähnliches. Stattdessen zieht sie es über ihr ärmelloses Top. Anschließend lächelt sie mich vielsagend an. Mir aber sagt das Ganze nichts. Was will Shiona andeuten?

»Johanna, hol uns mal das Essen«, sagt sie nun.

In der Kantine muss man sich an der Ausgabeklappe anstellen und bekommt dann einen Teller mit einer Portion Mittagessen ausgehändigt. Doch Shiona denkt gar nicht daran, sich selbst in die Schlange zu stellen. Das soll Johanna für sie tun.

Johanna steht gehorsam auf. Auch ich stehe auf, will mit ihr gehen, um mir meine Portion zu holen. Doch Shiona streckt ihren Arm aus, um mich aufzuhalten.

»Johanna macht das!« Dann ein Blick zu ihr. »Nicht wahr?«

»Klar«, sagt Johanna. Aber ihrem Blick ist unmissverständlich anzusehen, wie sehr sie mich dafür hasst, dass ich Shionas Vertraute bin und sie mich jetzt auch noch bedienen muss. Mir ist unwohl in meiner Haut. Aber was soll ich machen? Ich muss die Rolle mitspielen, die Shiona mir offenbar zugedacht hat, sonst bekomme ich nie Informationen aus ihr heraus. Also setze ich mich wieder.

Von unserem Tisch aus kann ich die Schlange sehen, die an der Essensausgabe ansteht, und bekomme mit, dass Johanna wie selbstverständlich an den Wartenden vorbeigeht und sich gleich als Erste an der Ausgabe einreiht. Kein einziges Mädchen wagt es, sich zu beschweren. Alle wissen offenbar, dass Johanna in Shionas Auftrag unterwegs ist. Es ist irre, wie die Position ihres Vaters als Mafiaboss sich auch hier im Gefängnis auf Shionas Vormachtstellung auswirkt.

Mir wird dadurch nur noch deutlicher, dass wir alles dafür tun müssen, dass der »Boss« und Maffei verurteilt werden. Wir müssen das Mädchen finden!

Das Problem ist, dass ich Shiona nicht direkt darauf ansprechen oder gar fragen kann. Niemand außer die Täter und der Richter wissen von der Entführung. Und der Geheimdienst natürlich.

Ich will versuchen, Shiona über einen anderen Weg zum Erzählen zu bringen.

Vorerst aber sage ich nichts.

Shiona und ich warten auf unser Essen, das auch blitzschnell kommt, weil Johanna sich ja vordrängeln durfte. Das Essen ist heiß, frisch und riecht gut. Auf meinem Teller liegt ein heißes, gräuliches Kraut, das ich noch nie zuvor gesehen habe.

»Was ist das?«, frage ich, während ich schon eine erste Gabel voll probiere. Es schmeckt etwas säuerlich, aber ausgesprochen gut. Dazu gibt es Kartoffeln und ein Stück Fleisch.

Shiona zieht die Augenbrauen hoch und grinst. »Das kennst du nicht? Es heißt Sauerkraut.«

DAS ist Sauerkraut? Davon habe ich natürlich schon gehört. Es ist *das* Essen, das man wohl weltweit als »typisch deutsch« bezeichnet. Aber gehört dazu nicht Schweinshaxe? Und tragen die Deutschen beim Essen nicht Lederhose und Sepplhut?

Das frage ich natürlich nicht, denn ich weiß von meinen Eltern, dass das dümmliche Klischees sind, die weltweit vielerorts aber geglaubt werden. Vielleicht ebenso, wie viele Europäer sich nicht vorstellen können, dass es auf dem afrikanischen Kontinent moderne Großstädte gibt, sondern meinen, wir in den afrikanischen Ländern würden alle irgendwo auf dem Land in Strohhütten leben und Hirsebrei essen. Dabei hat zum Beispiel meine Heimatstadt Accra eine halbe Million mehr Einwohner als Hamburg.

»Und?«, fragt Shiona und kichert. »Schmeckt's?«

»Ja«, antworte ich ehrlich.

Shiona lacht nun lauthals los. »Was? Echt? Dir schmeckt dieser Gefängnisfraß?«

Johanna und Xenia lachen nun auch. Obwohl sie mir nicht den Eindruck machen, dass sie es wirklich lustig finden. Denn sie essen ihr Essen auch.

Nur Shiona schiebt ihren Teller beiseite.

Ich kann mir allerdings nicht vorstellen, dass Shiona auch beim Küchenpersonal Privilegien genießt. Dort wird sie also wohl nichts anderes bekommen.

»Isst du nichts?«, frage ich sie.

»Später«, antwortet Shiona. »Heute müsste ein neues Paket von meinem Vater kommen.«

»Von deinem Vater?«, frage ich verwundert.

Einerseits wundert es mich wirklich, denn schließlich sitzt auch ihr Vater im Knast. Andererseits sind wir jetzt endlich bei dem Thema, das mich interessiert.

Shiona lacht erneut auf. »Ja«, antwortet sie mir. »Wieso nicht?«

Dann begreift sie. »Ach so! Du meinst, weil er im Knast sitzt? Haha, darüber mach dir mal keine Gedanken. Er kann mir trotzdem Sachen zukommen lassen. Außerdem ...«, Shiona blickt nun wieder vielsagend in die Runde, »... wird er ja nicht mehr lange im Gefängnis sitzen.«

Ich lege die Gabel beiseite. Jetzt wird's spannend! Wir sind beim Thema.

Shiona lässt ihre Augen rollen, blickt erst zu Xenia, dann zu Johanna und grinst, als ob sie etwas im Schilde führt.

Xenia und Johanna grinsen zurück. Sie scheinen eingeweiht zu sein.

»Und wir sind auch nicht mehr lange hier!«, beendet Shiona ihren Gedanken.

Alle drei lachen. Und ich sitze da wie doof. Ich weiß von nichts. Was hat Shiona vor? Was soll das bedeuten, sie wären nicht mehr lange hier?

»Kommt, Mädels, wir gehen!«, entscheidet Shiona und erhebt sich.

Ich bin noch gar nicht fertig mit Essen. Johanna und Xenia ebenfalls nicht. Doch auch sie erheben sich, ohne ihre Teller noch mal anzurühren. Aber ich habe noch Hunger, verdammt! Und auf das angebliche Paket, das Shiona heute Nachmittag von ihrem Vater bekommen wird, will ich mich nicht verlassen. Schnell schaufle ich mir noch zwei Gabeln mit Sauerkraut hinein.

Johanna und Xenia gaffen mich entsetzt an. Offenbar habe ich gerade gegen eine Etikette verstoßen. Shiona schaut zu mir, schüttelt nur den Kopf und geht.

Gut, dann schiebe ich mir noch eine Gabel voll Kartoffeln rein.

Und folge ihnen.

Kurz darauf sind Shiona und ich wieder unter uns in unserer Doppelzelle. Kaum hat Shiona die Zelle betreten, zieht sie ihr frisch gewaschenes Shirt aus, krempelt es von innen nach außen und wirft es mir aufs Bett.

Was soll das?, frage ich mich. Ist das jetzt ein Geschenk? Soll ich ihr T-Shirt tragen und dafür dankbar sein? Ich bleibe mitten im Raum stehen, starre das Shirt an und sehe dann Shiona fragend an.

Sie blickt fragend zurück.

Als ich immer noch nichts sage, ergreift sie das Wort. »Na, mach schon!«, fordert sie mich auf.

Ich verstehe nicht. »Was?«

»Sieh es dir an!«, fordert Shiona mich erneut auf.

Das Shirt? Wieso? Meint die das ernst? Soll ich jetzt wirklich ihr Shirt tragen? Als Zeichen meiner Zuneigung und Treue, oder was? Die spinnt doch!

Zögerlich gehe ich auf mein Bett zu und will gerade nach dem Shirt greifen, da sagt Shiona: »Breite es aus!«

Ich verstehe zwar immer noch nicht. Aber gut, ich ziehe das Shirt auseinander und breite es auf dem Bett aus. Da …

… sehe ich, dass per Hand etwas auf den Stoff gezeichnet wurde. Eine technische Zeichnung, um genau zu sein. Ein Plan!

Ich zuppele das Shirt noch weiter auseinander, streiche es mit der Handfläche ganz glatt und drehe es ein wenig, sodass die Zeichnung gerade vor mir liegt. Aber noch immer kann ich nicht erkennen, was genau sie darstellt.

Doch dann … so gaaaanz allmählich … glaube ich nun doch, das Bild auf dem Shirt entschlüsseln zu können. Doch hundert Prozent sicher bin ich mir immer noch nicht. Deshalb entschließe ich mich, einen alten Kommunikationstrick anzuwenden.

»Ist das etwa …?«, beginne ich und breche die Frage ab, in der Hoffnung und Erwartung, dass Shiona meinen Satz zu Ende sprechen wird.

Shiona nickt, lächelt stolz, und mein Trick funktioniert. Denn sie sagt: »Ganz genau. Das ist der Plan der Lüftungsschächte in unserem Trakt.«

Sie tritt an mich heran, tippt mit dem Finger auf eine Stelle des Plans und sagt: »Hier sind wir.«

Sie fährt mit dem Finger eine Linie entlang, als ob sie mit einem Stift das Labyrinth in einer Rätselzeitschrift nachverfolgen würde, bis sie an einem Punkt am Rand stoppt. »Und das ist ein Ausgang nach draußen.«

Ich werd verrückt. Daran hätte ich im Leben nicht gedacht!

Und die YOUNG AGENTS auch nicht. Bei all unseren Planspielen und Vorbereitungen kam diese Variante überhaupt nicht vor! Ich schaue Shiona mit ehrlichem Entsetzen an.

»Und wann?« Diese Frage bringe ich gerade noch heraus.

»Heute Nacht um ein Uhr ...«, verkündet Shiona voller Vorfreude, »... werden wir wieder in Freiheit sein!«

»Klingt gut«, sage ich.

»Klingt gut?«, wiederholt Shiona. »Mehr hast du dazu nicht zu sagen? Es ist fantastisch! Ich schenke dir deine Freiheit zurück!«

»Aber ...«, wende ich ein. »Dann wirst du ...« Ich korrigiere mich schnell. »Dann werden *wir* ewig auf der Flucht sein. Müssen uns immer verstecken! Wäre es da nicht einfacher, auf unseren Prozess zu warten und auf ein mildes Urteil zu hoffen?«

Shiona lacht.

»Das kannst du im Zweifel immer noch«, behauptet sie. »Wir haben nichts zu verlieren.«

Auf mein fragendes Gesicht fährt sie mit ihrer Antwort fort: »Gefängnisausbrüche sind in Deutschland nicht strafbar.«

»Hä?«, frage ich.

Shiona meint es ernst. »Haben mir die Anwälte meines Vaters gesagt. Ist wirklich wahr! Die Erklärung hab ich allerdings nicht genau verstanden, ist mir aber eigentlich auch egal. Warte mal. Wie war das?«

Sie kramt einen Zettel hervor und liest mir vor, was ihr

einer der Anwälte per Mail geschrieben hatte: »*Es stammt von einer Rechtsauffassung aus dem 19. Jahrhundert. Danach verfügt jeder Mensch über einen natürlichen Freiheitstrieb, den selbst das Gesetz anerkennen muss. Seine eigene Freiheit wiedererlangen zu wollen, kann also kein strafwürdiges Verhalten sein.* Cool, oder?«

»Das heißt, jeder Sträfling darf ausbrechen, wie er will?«

»Nein«, widerspricht Shiona. »Alles, was du unternimmst, um auszubrechen, ist vermutlich schon strafbar. Also Schlösser zu knacken ist zum Beispiel Sachbeschädigung, einen Beamten mit Gewalt zu überwältigen, ist Körperverletzung und so. Aber die Flucht an sich ist nicht strafbar! Und wir marschieren einfach nur durch die Lüftungsschächte hinaus. Kein Problem. Wenn sie uns draußen irgendwann erwischen, werden wir wieder eingebuchtet und stehen genauso da wie jetzt auch. Also kein Risiko!«

Ich biete all mein schauspielerisches Talent auf, um sie anzustrahlen und zu sagen: »Wow! Super!«

Aber bei mir denke ich: Um Himmels willen. Ich muss die anderen YOUNG AGENTS darüber informieren. So schnell wie möglich!

GORILLA IM NEBEL

Die Fahrt durch die Stadt ist gut gegangen. Naomi parkt unser kleines Wohnmobil am Straßenrand, direkt gegenüber von Maffeis Villa. Was uns aber nicht besonders viel nützt, denn außer dem Eingangstor können wir nichts einsehen. Das Gelände ist hoch umzäunt, die Villa selbst liegt zu weit hinten im Garten. Das wussten wir aber. Später, frühestens in der Dämmerung, werden wir uns aufs Gelände schleichen müssen, um genauer zu untersuchen, ob jemand im Haus ist. Wir glauben und hoffen, dass der Gorilla auftauchen wird, um sich ums Haus zu kümmern. Wenn er dann wieder wegfährt, werden wir ihn verfolgen.

»Wenn es dunkel geworden ist, können wir eine Drohne einsetzen«, erklärt mir Naomi.

»Die Drohne?«, frage ich zurück. »Ist die nicht viel zu groß?«

»Nicht *die* Drohne!«, korrigiert Naomi mich. »*Eine* Drohne. Die dort!«

Ich kannte bisher nur unsere Drohne, die von einem Piloten – meistens Charles oder Naomi – geflogen wird und in der maximal noch eine zweite Person, genauer gesagt: ein zweites Kind, Platz findet.

Jetzt aber öffnet Naomi eine Schachtel von der Größe eines Schuhkartons und holt eine Drohne hervor, etwa so klein wie ein Kartenspiel.

»Wenn wir die im Dunkeln fliegen lassen, sieht sie kein Mensch«, verspricht Naomi.

Das glaube ich sofort. Ich würde sogar behaupten, man könnte die auch jetzt tagsüber fliegen lassen, ohne dass sie entdeckt wird.

Doch Naomi ist da anderer Meinung. »Die wäre auf jeder Überwachungskamera zu sehen. Aber der Trick ist: Selbst wenn Bewegungsmelder sie wahrnehmen und anschlagen, würde man sie im Dunkeln auf dem Bildschirm oder in den Videoaufzeichnungen trotzdem nicht erkennen.«

»Oder glauben, ein Vogel sei vorbeigeflogen«, ergänze ich. »Ich verstehe.«

»Ganz genau«, bestätigt Naomi. »Das einzig Dumme daran ist, dass wir hier bis in die Nacht warten müssen und so wertvolle Stunden vergeuden.«

Das sehe ich genauso wie sie. Allerdings bleibt uns erst einmal nichts weiter übrig, als abzuwarten. Ich habe Hunger und erinnere mich, dass der Kühlschrank vorhin doch gut gefüllt war. Ich öffne ihn und glaube, ich träume! Im untersten Regal liegen mehrere Packungen Fertig-Burger.

»Yeah!«, rufe ich begeistert, ziehe eine Packung mit zwei Burgern hervor, schaue mich um und entdecke eine Mikrowelle, die ich zum Aufwärmen benötige. »Möchtest du auch, Naomi?«

Ich halte die Packung hoch.

Naomi dreht sich zu mir um, verzieht ein wenig das Gesicht und wiegt den Kopf hin und her.

»Was gibt's denn da zu überlegen?«, frage ich. »Ich meine: BURGER! Hallo? Ich liebe Burger! Kommen gleich nach Döner. Haben wir auch Döner?«

Naomi lacht auf. »Klar, wir haben hier einen dicken Dönerspieß im Kühlschrank. Und der riesige Grill steht gleich dahinten am Bett!«

»Nein, oder?« Ich glaube es zwar auch nicht, aber lieber frage ich nach.

Naomi tippt sich an die Stirn. »Tim, das ist hier kein Imbisswagen, sondern ein Überwachungsfahrzeug des Geheimdienstes.«

»Also Burger«, stelle ich fest. »Was nun: Willst du oder nicht?«

»Na okay, warum nicht?«, antwortet Naomi.

Ich reiße die Packung auf, lege die Teile in die Mikrowelle und stelle sie an.

Ich bin immer noch begeistert. Grandios!

Eine Flasche Ketchup steht auch im Kühlschrank. Sogar meine Lieblingsmarke. Ob das Zufall ist?, frage ich mich gerade, als Naomi ruft: »Mon dieu! Da ist er!«

»Was? Wer?«

»Der Gorilla! Er kommt aus dem Haus!«, ruft Naomi mir aufgeregt zu. »Schnell. Komm her!«

»Äh, aber der Burger …«

»Vergiss den Burger. Mach das Ding aus! Komm her. Setz dich. Schnell!«

Schon höre und spüre ich, wie Naomi unseren Wagen startet.

Verdammt, unsere schönen Burger! Ich hätte nur noch eine Minute warten müssen … Ich starre auf die Mikrowelle und überlege, ob wir uns das kleine Minütchen wirklich nicht mehr gönnen können, um …

»MERDE! KOMM JETZT!«, brüllt Naomi mir zu. Und gibt Gas.

Ich muss mich festhalten, um nicht umzukippen. Schwankend schalte ich die Mikrowelle aus, taste mich im wackelnden Wagen nach vorn, lasse mich auf meinen Sitz fallen und schnalle mich an. Durch die Frontscheibe sehe ich, wie wir einem schwarzen SUV mit dunkel getönten Scheiben folgen.

»Woher weißt du, dass das der Gorilla ist?«, frage ich.

»Weil er, als er aus der Einfahrt herausfuhr, eine – wie heißt das? Un mégot, une cigarette …«

»Eine Kippe?«

Naomi ist so aufgeregt, dass sie zwischendurch in ihre Heimatsprache Französisch verfällt, was ihr höchst selten passiert.

»Oui! … aus dem Seitenfenster geschnippt hat. Da konnte ich sein visage sehen!«

»Seine Visage?«

»Ja, sein Gesicht!«

Der SUV fährt direkt vor uns. Da wir ihn nicht mit einem normalen Pkw verfolgen, sondern mit einem Campingbus, ist das natürlich zu auffällig. Wir müssen deshalb zusehen, zwischendurch aus dem Blickfeld seiner Rückspiegel zu kommen, ohne ihn aus den Augen zu verlieren. Zusätzlich müssen wir wie bei der Hinfahrt sehr darauf achten, nicht als Kinder am Lenkrad entdeckt zu werden.

Bei diesem Gedanken fällt mir auf: »Sag mal, das kann doch von der Zentrale nicht geplant gewesen sein, dass wir den Gorilla mit diesem Campingbus verfolgen?«

»Nein, natürlich nicht«, antwortet Naomi. »Wir sollten ihm im Zweifel mit den E-Bikes hinterherfahren. Die haben wir hintendrauf, auf dem Fahrradträger. Hast du sie nicht gesehen?«

»Nein«, antworte ich. »Und wieso benutzen wir sie nicht?«

»Na«, wiegelt Naomi ab. »Du hast doch mitbekommen, wie schnell und überraschend wir hinterhermussten. Da blieb keine Zeit, erst die Räder abzuschnallen. Außerdem: Wer weiß, wo der Gorilla hinfährt und wie lange wir ihn da observieren müssen? Da ist doch der Bus hier viel praktischer!«

Mir verschlägt es die Sprache.

»Aber …«, will ich einwenden, doch dann lasse ich es. Jetzt ist es ohnehin zu spät. Ich sehe mich nervös um, ob irgendeiner der anderen Autofahrer im Verkehr schon komisch zu uns rüberguckt oder gar wieder ein Polizeiwagen in der Nähe ist. Was zum Glück nicht der Fall ist. Trotzdem ist mir unwohl.

»Wir müssen gleich mal aus seinem Blickfeld heraus«, teile ich Naomi mit.

»Ich weiß«, sagt sie. »Ich hab aber noch keine Idee, wie wir das machen sollen.«

Im Moment befinden wir uns auf Höhe der Landungsbrücken und fahren am Hafen entlang aus dem Westen kommend Richtung Zentrum. Oder Richtung Autobahn. Je nachdem, ob der Gorilla noch rechtzeitig abbiegen wird.

»Wenn wir Glück haben, fährt er direkt zum Versteck, wo das Mädchen festgehalten wird«, denke ich laut.

Naomi schaut kurz zu mir herüber. »Das glaubst du doch selbst nicht!«

»Wieso nicht?«

»Na, auch wenn Maffeis Bande davon ausgeht, dass der Richter sich an alle Anweisungen hält, um seine Tochter zu schützen, können sie trotzdem nicht hundertprozentig sicher sein, dass ihr Plan aufgeht. Der Gorilla muss also immer damit rechnen, doch von der Polizei beschattet zu werden. Wenn der wirklich zu dem entführten

Mädchen fährt, dann sicher nur über sehr viele Umwege und mit besonderer Vorsicht.«

»Du meinst, er hat unseren Campingbus längst im Blick und schöpft Verdacht?«, frage ich.

»Könnte zumindest sein«, bestätigt Naomi und fügt an: »Ich versuche mal etwas.« Sie wechselt auf die linke Spur unserer zweispurigen Straße und überholt den SUV.

Ich weiß, was zu tun ist. Ich setzte mich aufrecht und beginne, wie ein kleines, unartiges Kind auf meinem Sitz herumzuhampeln und mit den Armen in der Luft zu fuchteln, als ob ich mit jemandem kämpfen würde. Ich hoffe, von außen wirke ich wie ein Kind, das während der Fahrt herumtobt. Auf jeden Fall kann der Gorilla außen – wenn er zu uns hinüberschauen sollte – nicht sehen, wer am Steuer sitzt.

Und schon ist Naomi an ihm vorbei.

Ich kann mich wieder beruhigen und blicke in den Rückspiegel, um den SUV im Auge zu behalten.

Doch dann – plötzlich – biegt er hinter uns links ab in die Straße Rödingsmarkt, statt rechts weiter am Ufer entlangzufahren. Egal ob in die City oder zur Autobahn: Unsere Strecke wäre eigentlich der bessere, schönere und vermutlich schnellere Weg, zumindest soweit es die Karte auf unserem Navi anzeigt. Aber weder Naomi noch ich kennen uns hier in Hamburg gut aus.

»Verdammt!«, flucht Naomi. »Da komme ich nicht mehr rüber! Wir verlieren ihn! Merde!«

Ich erkenne an ihrer Haltung, dass sie kurz davor ist, ein halsbrecherisches Wendemanöver mitten auf der dicht befahrenen Straße zu veranstalten.

»Warte!«, rufe ich und zeige auf die Karte des Navis. »Fahr vor bis zu dieser Kreuzung.« Ich tippe auf die Kreuzung Willy-Brandt-Straße und Dovenfleet. »Wenn er zur Autobahn oder in die City will, werden wir ihn hier wiedertreffen.«

»Stimmt«, sagt Naomi. »Aber wenn er in eine andere Richtung fährt – Messe, Schanzenviertel oder so –, dann haben wir ihn verloren.«

»Dann versuchen wir mit der kleinen Drohne, ihn wiederzufinden«, schlage ich vor. Auch wenn das mitten im Stadtgebiet heikel wäre. »Aber zunächst versuchen wir es mit der Kreuzung.«

»Okay.« Naomi fährt weiter zur besagten Kreuzung.

Als wir dort ankommen, müssen wir bei Rot halten. Naomi und ich recken die Hälse.

»Siehst du ihn?«, fragt sie mich.

»Nein«, muss ich leider antworten.

»Mist!«, flucht Naomi. »Dann ist er doch in die andere Richtung …«

»Da!« Ich zeige nach vorn zur Kreuzung, über die gerade der SUV von links nach rechts an uns vorbeifährt.

»War er das?«, fragt Naomi vorsichtig nach.

»Ja, klar!«, antworte ich, bin mir aber nicht ganz

sicher. Naomis Zweifel sind berechtigt. Es gibt nicht gerade wenige schwarze SUVs in Hamburg.

»War das nicht ein Audi eben?«, fragt Naomi.

Wir beide wissen, dass der Gorilla in einem Mercedes SUV unterwegs ist. Aber nicht nur diese beiden Wagentypen ähneln sich sehr. Überhaupt gleichen sich die verschiedensten Marken ja immer mehr an. Und so schnell, wie der gerade an uns vorbeigefahren ist, weil wir ihn zu spät gesehen haben …

Dennoch, irgendwie bin ich mir sicher: »Das war er. Fahr hinterher!«

Naomi gibt Gas. Doch der Wagen vor uns bremst plötzlich abrupt ab, weil er die Spur wechseln will.

»PASS AUF!«, brülle ich.

Naomi macht eine Vollbremsung. Die Reifen quietschen. Wir beide werden in unsere Haltegurte gedrückt, die sofort blockieren und uns zurückhalten, wenn auch ein wenig schmerzhaft. Die Tür der Mikrowelle hinten springt auf. Unsere halb fertigen Burger fallen heraus und kullern über den Boden.

»MERDE!«, schimpft Naomi. Gerade will sie ihre Faust auf die Hupe schlagen, doch im letzten Moment besinnt sie sich. Besser, wir erregen kein Aufsehen. Niemand soll zu uns schauen. Dafür hupen andere Autofahrer. Die Aufmerksamkeit aller richtet sich auf die Schlafmütze vor uns. Endlich lässt ihn jemand vor auf die Nebenspur. Naomi kann weiterfahren.

»Wo ist er?«, fragt sie.

»Dort vorn!«

Der SUV fährt etwa sieben Wagen vor uns. Das ist ein guter Abstand, sodass wir ihn immer noch beobachten können, er uns aber vermutlich nicht mehr im Blick hat.

Als wir nach einiger Zeit endlich durch die Innenstadt durch sind, blinkt der SUV plötzlich rechts und parkt in die einzige freie Parklücke am Straßenrand ein.

»Mist!«, ärgert sich Naomi erneut. »Was mache ich denn jetzt?«

»Da vorn in die nächste Querstraße rein«, schlage ich vor.

Naomi folgt meinem Vorschlag, doch auch in dieser engen Straße ist alles vollgeparkt. Und es ist eine Einbahnstraße. Wir können nicht einmal umkehren.

»Verdammt!«, flucht Naomi erneut.

»Halt an! Lass mich raus«, schlage ich vor.

»Und dann?«

»Behalte ich den SUV zu Fuß im Auge, du fährst einmal um den Block und sammelst mich hier wieder auf.« Etwas Besseres fällt mir jedenfalls auf die Schnelle nicht ein.

»Nimm dir ein E-Bike von hinten weg«, sagt Naomi. »Falls er gleich weiterfährt, kannst du ihm wenigstens einigermaßen folgen und mir per Smartphone Bescheid geben!«

»Zu unsicher«, widerspreche ich. »Ich habe eine bessere Idee!«

Ich habe schon die Tür geöffnet und springe hinaus.

»Was hast du vor?«, fragt Naomi.

»Ich fahre mit ihm«, antworte ich. »Folge du meinem GPS-Signal im Handy.«

»Du willst mitfahren?« Naomi glaubt wohl, sich verhört zu haben. »Wie …?«

»Ich verstecke mich in seinem Kofferraum«, rufe ich Naomi zu. »Ich bin klein, und sein SUV ist groß genug, um mich zu verstecken. Bis dann!«

Schon habe ich die Tür zugeschlagen und düse los.

Irgendetwas murmelt Naomi vor sich hin. Ich kann es nicht mehr verstehen. Dann höre ich nur, wie sie weiterfährt.

Ich brauche nur wenige Schritte zur Straßenecke. Von dort aus sehe ich den SUV immer noch stehen. Und nun erkenne ich auch, weshalb er dort parkt. Keine zwanzig Schritte entfernt ist ein Imbiss. Der Gorilla hat offenbar einfach Hunger.

Wie ich übrigens auch. Ich muss an unsere schönen Burger denken, die nur noch eine Minute gebraucht hätten, um heiß und gar zu sein, und bestimmt köstlich geschmeckt hätten. Stattdessen rollen sie jetzt über den Boden unseres Campingbusses. Und mein Magen knurrt weiter.

Ich laufe zum SUV, wobei ich an dem Imbiss vorbeikomme. Ich wage von außen durch die Schaufensterscheibe einen Blick hinein und sehe den Gorilla in der

Schlange stehen. Zwei Kunden sind vor ihm dran. Das verschafft mir genügend Zeit, mich in sein Auto zu schleichen.

Ich sehe mich noch mal kurz zu allen Seiten um. Meinen Rucksack habe ich im Camper gelassen, aber ein kleines Täschchen mit praktischen Utensilien trage ich am Gürtel, so auch mein Lockpicker-Set, das nicht größer ist und auch so aussieht wie ein kleines Schweizer Taschenmesser, aber die geeigneten Hebel enthält, um Schlösser zu öffnen. Zum Glück handelt es sich bei dem SUV um ein älteres Modell, das noch ein klassisches Schloss hat. Gelernt ist gelernt: Ruckzuck habe ich den Kofferraum auf und – schrecke mit einem Aufschrei zurück!

Ein ausgewachsener, schwarzer Dobermann sitzt auf Augenhöhe vor mir, knurrt, fletscht die Zähne und kläfft mich drohend und dumpf an.

Ach, du Scheiße! Was macht der denn hier? Ich weiß, dass Maffei diesen Riesenhund besitzt, aber ich hätte nicht damit gerechnet, ihn hier und jetzt in dem SUV anzutreffen.

Ich will gerade die Kofferraumklappe schnell wieder zuwerfen. Doch so einfach und schnell geht es nicht. Die Klappe hat eine Hydraulik, die das Schließen automatisch dämpft und nur sehr langsam zulässt. Genügend Zeit und Platz für den Hund, der zwar innen irgendwo angebunden ist, aber dennoch den Kopf aus der offenen Klappe herausstreckt und versucht, nach mir zu schnappen.

Und weil er eben immer noch mit dem Kopf herausragt, stoppt die Heckklappe automatisch, weil das Scheißding irgendeinen Sicherheitsmechanismus eingebaut hat, der das Schließen verhindert, solange sich noch jemand im Gefahrenbereich befindet.

Ich versuche, die Klappe von Hand zuzudrücken, doch sie sperrt sich. Ich schaffe es nicht, selbst wenn ich richtig an sie heranlangen könnte, was nicht der Fall ist. Die Klappe ist im geöffneten Zustand so hoch, dass ich hochspringen müsste, um sie greifen zu können. Das wiederum legt meinen Bauch frei und bietet ihn dem Hund förmlich zum Hineinbeißen an.

Keine Chance. Ich muss mein Vorhaben aufgeben.

Dann also doch nur einen GPS-Magneten außen am Wagen anbringen und ...

Mit einem Mal packt mich etwas von hinten und wirft mich in den Kofferraum hinein.

Mit einem Aufschrei und einem schmerzvollen Aufprall lande ich direkt unter dem Dobermann, während sich die Kofferraumklappe nun endlich schließt.

Der Hund kläfft und knurrt und scheint mich jeden Moment zerfleischen zu wollen.

Doch dann höre ich das Kommando von außen: »AUS! BRAV! SITZ!«

Der riesige Hund setzt sich, und zwar mit seinem breiten, schweren Hintern direkt auf meinen rechten Fuß. Au, verdammt!

Es folgen weitere Anweisungen von außen, die dieses Mal mir gelten: »Verhalte dich ruhig. Keine Mätzchen, sonst gebe ich dem Hund einen Befehl, der dir nicht guttun wird. Verstanden?«

»Verstanden«, versichere ich dem Gorilla.

Die Klappe schließt sich.

Der Gorilla steigt ein, startet, fährt los.

Und ich muss mir eingestehen: Ich werde soeben entführt!

DIE EINBRECHER BRECHEN AUS

Nach dem Abendessen sitzen Shiona und ich in unserer Zelle. Oder besser gesagt: in Shionas Zelle. Nach wie vor sieht sie mich als Gast bei sich, nur geduldet und jederzeit »kündbar«, wenn man es so nennen will. Ein Hinweis von Shiona würde vermutlich genügen, und ich würde sofort verlegt werden. Das ist mir klar.

Zwar hat auch Shiona hier natürlich nicht die gesamte Gefängnisleitung und alle Vollzugsbeamten im Griff. Bei Weitem nicht. Aber ein oder zwei Gönner muss sie haben, sonst würde ihre Macht hier drinnen so nicht funktionieren. Und so bin ich mir sicher, dass Shiona irgendwo ein Handy versteckt hat; auch wenn ich es letzte Nacht nicht finden konnte.

Die Zeit drängt, und ich entschließe mich, Shiona einfach direkt zu fragen.

»Shiona?«, beginne ich zögerlich.

Sie steht vor dem Spiegel und schminkt sich die Augen mit einem Kajalstift.

»Hast du ein Handy zur Verfügung? Ich müsste dringend mit meinen Eltern sprechen.«

Shiona unterbricht ihr Schminken, dreht sich zu mir um und fragt lachend zurück: »Wieso das denn? Heute Nacht wirst du bei ihnen sein und kannst ihnen alles erzählen.«

Natürlich brauche ich das Handy nicht, um meine Eltern anzurufen, sondern um die anderen YOUNG AGENTS zu informieren. Aber Shionas Antwort bringt mich auf eine ganz andere hervorragende Idee.

»Hältst du mich für so blöd?«, frage ich unverblümt zurück.

Shiona zieht die noch ungeschminkten Augenbrauen hoch. »Wieso?«

»Na ja«, antworte ich. »Wenn unsere Flucht gelingt …«

Weiter komme ich nicht. Shiona springt auf mich zu und drückt ihre Hand auf meinen Mund. Da sie in derselben Hand noch ihren Kajalstift hält, malt sie mir ungewollt einen dicken Strich über die Wange.

»Nicht so laut!«, zischt sie mir zu. »Und nicht dieses Wort aussprechen. Manchmal hören die Wände mit!«

Ich nicke als Zeichen, dass ich verstanden habe.

Shiona lässt von mir ab und widmet sich wieder ihrem Schminkspiegel.

»Also«, beginne ich von Neuem, aber dieses Mal vorsichtiger und vor allem leiser. »Wenn wir …« Ich überlege, wie ich es ausdrücken soll. »Wenn wir morgen früh … gesucht werden, dann schauen die doch als Erstes bei meinen Eltern nach. Ist doch klar! Nein, bei denen kann ich mich nicht blicken lassen.«

Shiona, die inzwischen auch Wimperntusche aufgetragen hat, schaut mich wieder an.

»Stimmt!« Dann überlegt sie. Offenbar hat sie daran noch gar nicht gedacht und fragt sich nun, ob sie dann überhaupt nach Hause gehen kann.

Um ihre Gedanken weiter in Richtung meines spontanen Plans zu lenken, spreche ich es direkt aus: »Bei dir ist es nicht so dramatisch. Eure Villa ist gut bewacht, oder? Da könntest du dich immer rechtzeitig verziehen.«

Ich erwähne nicht, dass ich von den alten YOUNG AGENTS Charles, Billy und Naomi sehr wohl weiß, dass sich in Maffeis Villa mehrere Fluchtmöglichkeiten befinden.

»Stimmt«, antwortet Shiona. »Die kriegen mich nicht.«

Ich sage nichts weiter, sondern warte und hoffe, dass Shiona gleich von selbst auf das Thema zu sprechen kommt, auf das ich abziele.

Sie schminkt sich in aller Ruhe fertig. Dann packt sie ihr Make-up zurück in ihr Schminktäschchen, sieht mich an und fragt: »Und?«

Meint sie jetzt ihre geschminkten Augen oder unsere Flucht? Ich tippe mal auf die Augen.

»Super!«, antworte ich, weil es zu beidem passen könnte.

»Danke«, sagt Shiona und spielt die Geschmeichelte, obwohl sie meine Antwort natürlich erwartet hat. »Dann komm doch mit zu mir«, bietet sie mir nun endlich an.

Genau darauf hatte ich spekuliert.

»Du meinst...?«, tue ich überrascht.

»Ja!«, spricht Shiona mir Mut zu. »Bei mir bist du sicher. Du kannst deine Eltern informieren, dass es dir gut geht und du zu ihnen zurückkehrst, wenn sich die Wogen geglättet haben und uns niemand mehr verfolgt.«

»Gute Idee«, antworte ich und bin heilfroh, dass Shiona nicht weiter nachfragt. So vereinbaren einfach nur zwei straffällig gewordene Freundinnen ihre gemeinsame Flucht.

»Super, danke!«, sage ich.

Ich bin mir sicher, dass ich bei Shiona zu Hause erheblich mehr von ihren kriminellen Aktivitäten und vor allem auch über die Entführung der Richter-Tochter erfahren kann als hier im Gefängnis. Insofern muss ich nur noch die »kleine Hürde« überwinden, gemeinsam mit der schwerstkriminellen Shiona aus dem Jugendgefängnis auszubrechen. Und das, obwohl ich noch nicht mal den geringsten Einblick in ihren Plan habe, wie das vonstattengehen soll. Das Blöde ist, Shiona gibt mir ihr Handy nicht. Ich könne doch telefonieren, wenn wir draußen sind, hat sie gesagt. Womit sie recht hat. Sie ahnt ja nicht, wofür ich es dringend jetzt brauche. Ich muss die anderen informieren, dass ich heute Nacht ausbreche, weil es eine erhebliche Planänderung bedeutet. Aber ich weiß nach wie vor nicht, wo Shiona ihr Handy versteckt hat. Und selbst, wenn ich es finden würde oder eine andere Mitgefangene dazu überreden könnte, mir ein Handy zu leihen – ich bin überzeugt, dass Shiona nicht die Einzige hier im

Jugendgefängnis ist, die illegal irgendwo ein Handy versteckt hat. Vielleicht bin ich sogar die Einzige hier, die *keines* hat! Also, selbst, wenn ich telefonieren könnte, wäre es vielleicht wirklich nicht ratsam, es zu tun. Wir YOUNG AGENTS jedenfalls können leicht fremde Handys abhören. Ob die Gefängnisleitung das auch kann, und wenn, ob sie es auch will, weiß ich nicht. Die Gefahr wäre jedenfalls gegeben. Und es wäre fatal, wenn ich durch ein Telefonat, mit dem ich die anderen Agenten informieren will, den gesamten Fluchtplan verraten würde. Shiona würde mir nicht mehr vertrauen, und wir würden nie herausbekommen, wo die Tochter des Richters festgehalten wird. Darum geht es, das darf ich nicht vergessen: Wir müssen die Tochter des Richters finden und befreien, bevor der Prozess beginnt!

»Bist du so weit?«, fragt Shiona.

Ich schrecke hoch. Ich liege auf meiner Pritsche und war ganz in Gedanken, als Shiona plötzlich neben mir steht. In Sportklamotten! Das heißt Laufschuhe, enge, schwarze Lauf-Tights, ein schwarzes Sportshirt, darüber eine schwarze, sportliche Goretex-Jacke. Es sieht aus, als wollte sie mich zu einer Jogging-Runde auffordern.

Aber mir ist schon klar, weshalb sie sich so angezogen hat. Die Flucht durch das Belüftungssystem verlangt einiges an Fitness und Gelenkigkeit.

Ich trage »normale« Kleidung. Auch eine Art Sportschuhe, Jeansjeggings, ein Shirt und einen Hoodie. Alles normale Straßenkleidung. So sieht sie jedenfalls aus. Aber es ist

Kleidung vom Geheimdienst. Das heißt, die Stoffe sind denen von Sportkleidung sehr angepasst, gut durchlüftet, flexibel, einigermaßen regendicht und so weiter. Außerdem bin ich als Agentin gut trainiert, was Shiona natürlich nicht ahnt. Vielleicht betrachtet sie mich deshalb kurz mit skeptischem Blick. Doch dann fordert sie mich weiter auf: »Wir müssen los!«

»Jetzt?« Ich war davon ausgegangen, wir hauen erst um Mitternacht ab. Jetzt ist es gerade mal neun Uhr abends. Draußen ist es sogar noch hell.

»Es gibt keinen Rundgang mehr«, erläutert Shiona.

»Wie?«, frage ich. »Und was ist mit dem Rundgang um 22 Uhr, um die Nachtruhe zu kontrollieren? Es wäre doch geschickter, erst danach abzuhauen. Dann merken die erst morgen früh, dass wir weg sind, und nicht schon eine Stunde nach unserer Flucht.«

Shiona lächelt mich an. »Heute gibt es etwas Besonderes: einen Kinoabend. Der beginnt um 21:30 Uhr, geht bis 23 Uhr, und anschließend gibt es auch keinen Rundgang mehr. Die machen das hier einmal im Monat. Genau deshalb hauen wir ja auch heute Abend ab. Und zwar jetzt!«

Ich stehe auf und wundere mich noch immer, wieso es so leicht sein soll, aus diesem Gefängnis zu flüchten. Aber der Hauptgrund liegt wohl darin, dass außer Shiona niemand die Baupläne der neuen Lüftungsanlage zur Verfügung hat und deshalb niemand diesen Weg nach draußen kennt. Vermutlich nicht einmal die Gefängnisleitung.

»Ich gehe zuerst«, sagt Shiona. »Du musst dann aber hinter dir das Lüftungsgitter wieder von innen schließen.«

»Okay, das bekomme ich hin«, verspreche ich.

Shiona klettert aufs Bett, sodass sie an das Gitter herankommt. Aus ihrer Sportjacke holt sie einen Schraubenzieher. Vermutlich einen von denen, die hier in der Werkstatt benutzt werden. Sie dreht die vier Schrauben aus den Ösen des Gitters, zieht das Gitter von der Wand und legt es auf dem Bett ab. Anschließend zieht sie eine Stirnlampe aus der anderen Tasche ihrer Jacke, streift sie wie eine Mütze über den Kopf, schaltet sie an und sieht nun ein bisschen aus wie früher die Bergleute im Kohleschacht. Dann klettert sie mit dem Kopf voran in den Lüftungsschacht.

»Warte mal!«, rufe ich ihr leise zu.

Shiona kommt zurück und fragt: »Was?«

»Was ist denn mit Xenia und Johanna?«, frage ich.

Shiona lächelt wieder. »Die bleiben hier.«

Ich bin ehrlich verdutzt. »Wieso das denn? Die sind doch eingeweiht!«

Shiona verdreht die Augen ein wenig zur Decke, als ob ich die Antwort kennen müsste. »Die beiden werden ohnehin in zwei Wochen entlassen. Sie helfen mir bloß, mir hier drinnen eine Zeit lang ein Alibi zu verschaffen und mein Fehlen zu vertuschen. Dafür bekommen sie draußen von mir einen Job. Also komm jetzt!«

Ohne eine weitere Reaktion von mir abzuwarten, ist Shiona schon wieder im Schacht verschwunden. Wir sind also nur zu zweit, was mir recht sein soll. Ich klettere aufs Bett, nehme das Gitter und krieche mit den Beinen voran in den Lüftungsschacht. Anders kann ich von innen das Gitter nicht wieder vorziehen. Ich hoffe nur, im Schacht werde ich genügend Platz haben, um mich zu drehen. Ich habe keine Lust, den gesamten Weg rückwärts zu kriechen.

Shiona hat die Schrauben mitgenommen, aber ich käme durch das Gitter ja ohnehin nicht mehr an die Ösen heran, um es wieder festzuschrauben. Mir bleibt nur, das Gitter so fest in seinen Rahmen zurückzuziehen, dass es hoffentlich eine Weile hält. Denn ich habe keinerlei Interesse daran, dass wir bei unserer Flucht erwischt werden. Dann würde ich nämlich vermutlich nie erfahren, wo das Mädchen versteckt ist.

Es gelingt mir einigermaßen, das Gitter festzuziehen.

Nun muss ich mich drehen, was... verdammt... eng ist. Als ich es halb geschafft habe, geht es nicht mehr weiter.

Verflucht! Ich sitze fest. Mein Rücken ist gegen die Wand gepresst, mein Kopf stark eingezogen, trotzdem drückt er gegen die Decke, die Knie habe ich so stark angezogen, dass sie schon meine Ohren berühren. Trotzdem stoßen sie noch immer an die Wand vor mir und verhindern, dass ich mich weiterdrehe. Ich müsste die Knie noch stärker anziehen, bis hinter meinen Kopf drücken, was ich aber nicht schaffe. Ich bin zwar eine gut durchtrainierte Agentin, aber keine Turnerin und erst recht kein Schlangenmensch. Genau solch einer müsste ich aber sein, um diese Drehung zu schaffen. Und wenn ich sie schaffe, könnte ich mit der Nummer glatt im Zirkus auftreten.

Plötzlich ruft Shiona mir zu: »Was tust du denn da?«

»Ich will mich drehen«, antworte ich ehrlich. »Es klappt nicht!«

»Natürlich nicht!«, sagt Shiona. »Mit der Nummer könntest du ja sonst glatt im Zirkus auftreten.«

Ach, nee! Toller Spruch. Wenn meine Lage nicht so ernst wäre, würde ich jetzt laut auflachen.

»Danke auch«, antworte ich stattdessen schnippisch. »Ich hänge fest. Was soll ich denn jetzt machen?«

»Dich nicht so blöd anstellen!«, schimpft Shiona. »Du musst natürlich rückwärtskrabbeln. Bis zur nächsten Kreuzung. Dann rückwärts mit den Beinen voran rechts in den Schacht hinein. Von dort aus dann weiter vorn in den linken Schacht, in den wir weiterkriechen müssen. Ist doch ganz einfach.«

»Ja, stimmt«, gebe ich zu. »Wenn man weiß, dass eine Kreuzung vor uns liegt. Hättest du ja auch mal sagen können!«

Ich höre nur Shionas Lachen.

Sie kriecht weiter voran. Ich rückwärts hinterher. Bis zur Kreuzung, die Shiona angekündigt hat. Dort vollziehe ich das Wendemanöver wie von Shiona vorgeschlagen, und nun kriechen wir weiter. Shiona voran, ich endlich wieder vorwärts und dicht hinter ihr her.

»Wo kommen wir denn raus?«, frage ich.

»Na, du weißt doch, wo wir sind!«, antwortet Shiona.

Klar weiß ich das. In der JVA Hahnöfersand, direkt am Elbufer vor den Toren Hamburgs.

»Wir kommen direkt am Ufer heraus, da wird ein Boot für uns bereitstehen«, erläutert Shiona mir.

Und dann sind wir auch schon da.

Shiona tritt ein Lüftungsgitter aus seiner Halterung. Wir springen aus dem Schacht heraus und landen direkt in einer grünen Wiese. Draußen dämmert es, aber es ist noch hell genug, um die Umgebung gut einsehen zu können.

»Da ist ja noch ein Zaun vor uns«, sage ich. »Oben mit NATO-Stacheldraht gesichert.«

»Hast du Angst?«, fragt Shiona zurück und lächelt.

Sie läuft auf den Zaun zu, hangelt sich daran hoch und schiebt den Stacheldraht einfach zu beiden Seiten auseinander, als würde sie einen Vorhang öffnen. Der Draht war dort oben bereits auseinandergeschnitten, was ich erst jetzt erkenne. Jemand von außen hat Shionas Flucht offenbar minutiös vorbereitet.

»Komm!«, ruft Shiona mir zu und klettert auf der anderen Seite schon hinunter.

Ich überlege kurz, wie viel ich von den Kletterkünsten, die ich mir als Agentin angeeignet habe, preisgeben darf. Ich verwerfe meine Bedenken und klettere flink am Zaun hoch, hieve mich oben drüber und springe hinunter, weil ich gelernt habe, auch bei Sprüngen aus beachtlichen Höhen so zu landen, dass ich mich nicht verletze.

Shiona schenkt mir ein bewunderndes Lob, als ich neben ihr auf der Wiese lande.

»Nicht schlecht!« Doch dann ist sie sogleich wieder voll

konzentriert: »Los, weiter! Dort vorn müsste das Boot liegen.«

Wir laufen über eine kleine Straße an ein paar Gebäuden vorbei und stehen direkt am Elbufer.

»Dort.« Shiona zeigt auf ein Schlauchboot mit Außenborder.

»Ist das nicht zu laut mit dem Motor?«, frage ich, während wir auf das Boot zulaufen.

»Sieh mal genau hin!«, fordert Shiona mich lachend auf.

Jetzt erkenne ich, dass der Außenborder ein Elektromotor ist. Der wird überhaupt keine Geräusche machen. Unser Ausbruch ist wirklich perfekt geplant. Auch dass wir mit einem Boot statt mit einem Auto flüchten. Denn wir brauchen nur um die kleine naturgeschützte Insel Neßsand herumfahren und werden am gegenüberliegenden Elbufer direkt am Blankeneser Treppenviertel anlegen. Von dort aus die – zugegeben enorm vielen – Treppen hochlaufen, und schon stehen wir fast direkt vor Maffeis Villa, Shionas Zuhause. Es sieht alles danach aus, dass unsere Flucht aus dem Gefängnis das reinste Kinderspiel ist.

Kaum habe ich das gedacht und Shiona den Motor gestartet, als uns der grelle Strahl eines Scheinwerfers trifft und uns eine blecherne Stimme durch ein Megafon zukrächzt, wir sollten augenblicklich stehen bleiben.

Aus gut hundert bis zweihundert Meter Entfernung nähert sich uns ein Polizeiboot.

»Verdammt!«, flucht Shiona. Und gibt Vollgas.

Blitzartig und instinktiv halte ich mich am Rand des Schlauchbootes fest, um nicht über Bord zu gehen. Nie hätte ich geglaubt, dass unser geräuschloser Elektromotor gleichzeitig derart kraftvoll ist. Unser Bug hebt sich in die Höhe, das Heck mit dem schweren Akkumotor senkt sich etwas ab, und so pflügen wir uns in einem Höllentempo durch die Wellen.

Während Shiona das Boot steuert und bis zum Anschlag alles an Tempo herausholt, was das Boot zu bieten hat, behalte ich nach hinten das Polizeiboot im Auge. Nach meinem Eindruck ist es schneller als wir.

»Es kommt näher!«, rufe ich Shiona zu.

Mir wird noch mal bewusst, dass auch ich mich nicht erwischen lassen darf; vermutlich noch weniger als Shiona. Denn zwar hat mich der Geheimdienst ins Gefängnis eingeschleust, wenn ich aber erwischt werde, würde der Geheimdienst sofort abstreiten, mich auch nur zu kennen. Mit der Folge, dass ich dann entweder im Knast schmore, ohne je etwas getan zu haben oder verurteilt worden zu sein. Oder der Geheimdienst schleust mich später wieder aus dem Gefängnis heraus, wodurch die große Gefahr bestünde, enttarnt zu werden. Nein, ich darf auf gar keinen Fall erwischt werden!

Das Dumme ist, dass das Polizeiboot uns aus genau jener Richtung verfolgt, in die wir eigentlich hätten fahren müssen. Jetzt müssen wir andersherum um die Naturschutzinsel fahren, obwohl es ein riesiger Umweg ist. Zu lang, als dass wir der Polizei entwischen könnten. Sie wird uns auf dieser langen Strecke locker einholen, das ist bloß eine Frage der Zeit.

Es gibt nur eine Lösung!

»Fahr zur Insel«, fordere ich Shiona auf. »Leg dort vorn am Ufer an!«

»Was?«, fragt Shiona entsetzt. »Wieso das denn? Dann sitzen wir auf der Insel fest und können nicht weg!«

»Falsch«, widerspreche ich. »Da vorn ist die Insel am schmalsten, nicht mal fünfzig Meter breit. Da können wir das Boot locker über Land tragen und auf der anderen Seite wieder ins Wasser lassen.«

Shiona begreift. »Und das können die Bullen mit ihrem Polizeiboot natürlich nicht.«

»Nein«, bestätige ich ihr. »Die werden uns entweder zu Fuß verfolgen. Aber bis die von Bord sind, sind wir auf der anderen Seite schon wieder auf dem Wasser. Oder sie müssen ganz um die Insel herumfahren. Bis dahin haben wir das Elbufer erreicht.«

»Genial!«, lobt Shiona.

Sie steuert direkt auf die Insel zu.

Ich sehe, wie das Polizeiboot hinter uns noch mal beschleunigt. Vermutlich auf Höchstgeschwindigkeit, aber nicht einmal das wird ihnen etwas nützen.

Kurz darauf schlittern wir mit unserem Boot an den Strand.

Wir springen herunter, packen das Schlauchboot zu beiden Seiten und zerren es ganz an Land.

Es ist deutlich schwerer, als ich gehofft hatte. Deshalb müssen wir es weitgehend über den Boden schleifen, statt es tragen zu können. Das birgt die Gefahr, dass wir ein Loch in den

Boden reißen. Es wiegt alles zusammen etwa dreißig Kilo, wie Shiona mir mitteilt. Das sind für jeden von uns zwar nur 15 Kilo auf jeder Seite, aber trotzdem schaffen wir immer nur zehn Meter und müssen es dann kurz absetzen, um es erneut aufzunehmen. Es sind bloß fünfzig Meter bis zur anderen Inselseite, aber der Weg führt durch wildes Gestrüpp, Büsche und Bäume. Doch die Angst, erwischt zu werden, pumpt uns voll mit Adrenalin und blendet jeden Schmerz und jede Belastung aus. Mit Sechsmal-kurz-Absetzen schaffen wir es und erreichen das Ufer auf der anderen Inselseite. Dort lassen wir das Boot wieder zu Wasser, stoßen uns ab und starten erneut den Elektromotor. Leise surrend gleiten wir über die Elbe und sehen das rettende Ufer schon vor uns. Hinter uns weit und breit nichts von der Polizei.

Nach zehn Minuten sind wir am Ziel und landen rechts neben dem Heizkraftwerk in Wedel.

Das ist zwar erheblich weiter von Shionas Villa entfernt als geplant, aber das ist uns jetzt egal. Shiona springt an Land.

»Wohin mit dem Boot?«, frage ich.

»Liegen lassen!«, ruft Shiona mir zu. »Komm mit.«

Sie rennt voran und bleibt an einem kleinen Weg stehen, wo wir erst einmal haltmachen, um uns auszuruhen.

»Und jetzt?«, frage ich.

»Taxi«, antwortet Shiona. Und zieht ein Handy aus ihrer Tasche.

Also doch! Ich hab's doch gewusst. Wo hatte sie es die ganze Zeit versteckt?

»Taxi?«, frage ich. »Ist das nicht riskant?«

»Natürlich«, antwortet Shiona. »Ich meine ja auch kein echtes Taxi. Aber ich lasse uns abholen. Setz dich solange da vorn ins Gras.«

GEFANGEN!

Wo bin ich?

Der Gorilla ist ein Stückchen gefahren, hält nun an. Ich höre, dass er aussteigt.

Nun öffnet er die Kofferraumklappe. Natürlich versuche ich sofort, etwas in der Umgebung zu erkennen, aus dem ich schließen könnte, wohin ich gebracht werde. Aber ich sehe nur Büsche und Bäume.

Der Gorilla durchsucht mich.

»Was soll das? Lassen Sie mich raus!«, protestiere ich.

Er antwortet nicht, sondern nimmt mir meine Gürteltasche und das Smartphone ab und wirft beides in ein Gebüsch am Wegrand.

»Hey!«, beschwere ich mich nochmals und versuche, hochzukommen, um aus dem Kofferraum herauskrabbeln zu können.

Doch seine Pranke packt mich an der Stirn und stößt mich zurück in den Kofferraum.

Dann donnert er die Klappe zu. Ich ziehe instinktiv blitzschnell den Kopf ein, um sie nicht abzukriegen.

Der Gorilla steigt wieder ein, startet den Wagen und braust los. Er hat also nur gehalten, um mir die Sachen abzunehmen. Hat vermutlich Angst vor GPS-Verfolgung. Offenbar geht er auf Nummer sicher.

Wo war das, wo wir eben gehalten haben? Nur Büsche und Bäume. Eine kleine Landstraße. Das kann überall und nirgends gewesen sein.

Naomi wird mit ihrer GPS-Verfolgung jetzt nur das Smartphone finden, aber mir nicht mehr folgen können. Mist! Denn nur deshalb war ich ja überhaupt in diesen Wagen eingestiegen.

Zwischendurch hatte ich überlegt, ob ich jedes Mal, wenn wir an einer Ampel halten, laut um Hilfe schreien soll. Aber ob mich aus dem Kofferraum des panzerartigen SUVs jemand gehört hätte? Und selbst wenn, hätte dieser Jemand lokalisieren können, woher meine Hilferufe kommen? Und hätte dieser Jemand sie dann überhaupt ernst genommen? Und hätte dieser Jemand dann eingegriffen oder tatsächlich die Polizei gerufen? Oder wäre er lieber schnell weitergelaufen, um nicht selbst in eine gefährliche Situation hineingezogen zu werden?

Zu viele Fragen, zu viel Wenn und Aber, um Ärger zu riskieren, der meine Lage vielleicht noch verschlechtert. Außerdem weiß ich nicht, wie der Dobermann neben mir reagiert hätte, wenn ich plötzlich losgeschrien hätte. Solange der Riesenhund nur die ganze Zeit dicht neben und auf mir liegt, sich ruhig verhält und mir lediglich hin und wieder mal auf den Kragen sabbert, kann ich es aushalten. Ich habe also beschlossen, nicht um Hilfe zu rufen. Während der Fahrt erinnere ich mich auch daran, wie Billy mir einmal erzählte, dass er auch schon einmal entführt worden war. Gemeinsam mit Shiona! Echt ironisch. Denn jetzt waren ihre eigenen Leute dabei, mich zu entführen! Jedenfalls hatte Billy mir erzählt, wie er anhand der Fahrt und der Außengeräusche versucht hatte, zumindest einzugrenzen, wohin er gebracht wurde. Allerdings mit nur mäßigem Erfolg. Billy und Shiona waren schließlich in den Keller eines Hauses eingesperrt worden, in dem extra eine Gefängniszelle eingebaut worden war. Ob die Tochter des Richters jetzt in derselben Zelle gefangen ist und ich nun auch dorthin gebracht werde? Leider hatte Billy auch im Nachhinein nie herausbekommen, wo sich diese Zelle befand. Sondern nur, dass es eine Zelle vom »Boss« gewesen war, nicht von Maffei. Gut möglich also, dass auch Shiona bis heute den Standort dieser Zelle nicht kennt.

Im Kofferraum bleibt mir ohnehin nichts anderes, als abzuwarten.

Schließlich erreichen wir unser Ziel. Jedenfalls hat der Gorilla angehalten, kommt nach hinten, öffnet die Kofferraumklappe, bindet mir eine Augenbinde um den Kopf, zerrt mich aus dem Wagen heraus, stößt mich voran, und ich schätze mal, wir stolpern dann noch gute zehn Minuten durch einen Wald, ein Biotop oder etwas Ähnliches, jedenfalls nicht durch die Stadt. Der Boden fühlt sich weich an, mehr morastiger Waldboden als Sandweg. Ich höre friedliches Vogelgezwitscher; Blätterrauschen, aber keine Stadtgeräusche: keine Autos, keine Gespräche, keine U-Bahn, keine Baustelle – nichts. Nicht einmal Gartengeräte! Es riecht nach frischer Walderde und Laub.

Anschließend werde ich durch eine Tür gelotst und in einen Raum geführt. Der Gorilla nimmt mir die Augenbinde ab.

Während ich noch blinzle und mir die Augen reibe, schaltet der Gorilla das Licht an, verlässt den Raum und schließt die Tür hinter sich hörbar ab.

Ich stehe mitten in einem fensterlosen, leeren Zimmer mit kahlen grauen Wänden. Die nackte Glühbirne, die in der Deckenmitte an einem Kabel baumelt, ist der einzige Einrichtungsgegenstand. Also auch kein Bett, keine Toilette, kein Waschbecken, nichts. Nur rechts oben in der Wand steckt eine kleine, runde Lüftungsklappe, der Durchmesser nicht größer als zwanzig Zentimeter. Da passe nicht einmal ich hindurch. Aber aufgrund der Tatsache, dass der Raum komplett leer ist, bin ich sicher, dass ich hier nicht lange bleibe. Der Gorilla hat sich zu spontan dafür entschieden, mich zu entführen, da wusste er wohl so schnell nicht, wohin mit mir.

Die Frage ist, wieso er mich überhaupt entführt hat. Mich, einen in seinen Augen doch harmlosen Jungen, der sich an seinem Fahrzeug zu schaffen gemacht hat. Mehr nicht. Er kennt mich nicht, kann mich gar nicht kennen. Es hätte also völlig genügt, mich fortzujagen. Wieso nimmt er den Aufwand auf sich, mich zu verschleppen und einzusperren? Zum Glück habe ich meinen Agentenrucksack im Camper gelassen, weil der Inhalt dem Gorilla bestimmt merkwürdig vorgekommen wäre und womöglich seinen Argwohn geweckt hätte. Es gibt also nichts, aufgrund dessen der Gorilla etwas anderes vermuten könnte.

Außer … Halt, da fällt mir etwas ein. Natürlich! Über Shiona könnte er möglicherweise erfahren haben, dass ich Mitglied in Amis Diebesbande bin, Shionas größten Konkurrenten. Beide Banden sind ja gemeinsam bei dem großen Einbruch in ein Museum von der Polizei überrascht und festgenommen worden. Deshalb sitzt Shiona im Knast.

Der Gorilla kann nicht wissen, dass wir YOUNG AGENTS hinter der Polizei-Razzia steckten und ich nicht als echter Dieb, sondern als Undercover-Agent bei der Diebesbande war. Aber wenn er weiß oder ahnt, dass ich zu Amis Bande gehörte, könnte das der Grund dafür sein, dass er mich mitgenommen hat. Vielleicht befürchtet er einen erneuten Angriff der Konkurrenzbande auf Maffeis Clan?

Die Frage ist, ob er mich irgendwo in ein Versteck der Maffei-Bande verschleppt hat oder ob auch die Tochter des Richters hier irgendwo im Gebäude gefangen gehalten wird. Dann wäre ich unserem Ziel sehr nahe, das Mädchen zu finden. Ich müsste dann »nur« noch herausfinden, wie ich erst mich und dann das Mädchen von hier befreien könnte. Im Moment aber bleibt mir nur abzuwarten.

FLUCHT!

Wir haben es tatsächlich geschafft! Shiona und ich sind aus dem Jugendgefängnis geflohen und sitzen jetzt bei ihr zu Hause gemütlich in der Maffei-Villa.

Wir haben geduscht, Shiona hat mich mit neuen Klamotten versorgt. Die sind mir zwar etwas zu groß, weil Shiona fast drei Jahre älter ist als ich, aber sie hat mir ein Shirt und eine Hose gegeben, die bei ihr sehr knapp sitzen und auf jeden Fall so frisch besser sind als die Klamotten, mit denen wir gerade durch den Lüftungsschacht gerobbt sind.

»Willst du jetzt deine Eltern anrufen?«, fragt Shiona.

Bevor ich das Angebot annehme, frage ich sie noch mal, ob sie gar keine Angst hat, hier in der Villa ihres Vaters von der Polizei aufgesucht zu werden.

Und wieder schüttelt Shiona den Kopf. »Hier kriegen die mich nicht. Die Villa meines Vaters ist wie eine Festung, verstehst du? Wie so eine alte Ritterburg eines mächtigen Königs!«

Sie lacht. Und ich lache aus Höflichkeit mit. Denn der Vergleich ist gar nicht mal so falsch und hat einen ernsten Hintergrund. Shionas Vater als einer der Mafiabosse ist so reich und so mächtig, dass er sich tatsächlich mitten in dieser Stadt, mitten in einem hochmodernen Land wie Deutschland breitmachen und leben kann wie in einem eigenen Staat im Staate. Völlig unbehelligt von der Staatsmacht, was ja der bevorstehende Prozess auch zeigt. Wenn es uns nicht gelingt, das Mädchen zu finden und zu befreien, wird der Richter die Mafiabosse freisprechen, und sie können sich weiter unbehelligt ihren kriminellen Geschäften widmen.

»Gern«, antworte ich. »Ich will meinen Eltern zumindest sagen, dass es mir gut geht.«

Das will ich in Wahrheit natürlich nicht, denn meine Eltern wissen, dass ich mitten in einem Agenteneinsatz bin. Aber ich muss den anderen YOUNG AGENTS Bescheid geben.

Shiona geht zu einer Kommode in ihrem Zimmer, die ich bisher nur als überdimensionierten Schminktisch wahrgenommen habe, zieht eine Schublade auf, holt ein Päckchen heraus und wirft es mir zu. Es ist ein noch originalverpacktes und verschweißtes Prepaid-Handy.

»Pack es aus, telefoniere – und zerstör es!«, weist Shiona mich an. »Ich bin gleich wieder da.«

Shiona fährt mit dem Fahrstuhl nach unten, was mich wundert. Denn wir sind doch allein hier im Haus? Was will sie unten? Ins Arbeitszimmer ihres Vaters? Oder trifft sie sich dort mit jemandem? Ich würde dem gern nachgehen, aber ich muss auch die anderen informieren, ohne dass Shiona es mitbekommt.

Ich entscheide mich für das Telefonat und rufe Balu an.

Der ist natürlich total erstaunt über meinen Anruf.

»Wieso hast du ein Handy im Knast?«, fragt er als Erstes. »Kannst du ungestört reden?«

Ich informiere ihn mit möglichst kurzen, knappen Worten über unsere Flucht und wo ich mich gerade befinde.

Ich spüre am Telefon, wie Balu erst mal nach Luft schnappen muss, um seine Sprache wiederzufinden. Dann aber sagt er: »Warte einen Moment!«

»Was?«, widerspreche ich. »Das geht nicht. Ich hab keine Zeit, weil…« Dann erst merke ich, dass Balu gar nicht mehr am Hörer ist. »Hey!«, rufe ich ins Handy hinein. »Wo steckst du?«

Dann meldet sich plötzlich Naomi.

Balu hat das Handy auf Lautsprecher gestellt, und ich spreche gleichzeitig mit Balu, Naomi, Billy, Charles und… »Wo ist Tim?«

»Verschwunden«, antwortet Naomi. Sie informiert mich, wie sie gemeinsam mit Tim den Gorilla verfolgt hat, der dann aus dem Wagen gesprungen ist, um den Gorilla zu Fuß zu beschatten, und seitdem verschwunden ist. »Ich musste einmal um den Block fahren. Als ich wieder vor dem Imbiss ankam, war der SUV des Gorillas weg und Tim auch. Wie geplant. Ich sollte seinem Handy-GPS-Signal folgen. Das hab ich auch gemacht. Und sein Handy ein paar Kilometer weiter am Wegrand in einem Gebüsch gefunden. Der Gorilla muss Tim erwischt und ihn mitgeschleppt haben.«

»Entführt?«, frage ich entsetzt nach.

»Ja«, bestätigt Naomi. »Aber wenn du in der Villa bist – ist der Gorilla dort? Bei euch? Und Tim vielleicht auch?«

»Nein«, antworte ich. »Bisher jedenfalls nicht. Aber eben ist Shiona runtergegangen. Ich weiß nicht, ob jemand gekommen ist. Bis eben waren wir allein hier!«

»Okay«, gibt Naomi durch.

Einen Augenblick herrscht Stille.

Alle scheinen zu überlegen, wie wir jetzt weiter vorgehen sollen.

Bis mir etwas einfällt.

»Der Geheimdienst muss dafür sorgen, dass die Polizei nicht nach Shiona sucht«, schlage ich vor. »Dann fühlt sie sich hier sicher. Ich wohne eine Zeit lang bei ihr. Wenn Shiona irgendetwas von der Entführung des Mädchens weiß, dann werde ich es hier erfahren!«

»Sehr gut«, stimmt Naomi mir zu. »Balu bleibt hier. Billy und ich werden Position vor der Villa beziehen. Dann können wir den Gorilla verfolgen, wenn er zur Villa kommt, und so vielleicht Tim finden. Oder auch dich unterstützen, wenn du etwas über das Mädchen erfährst.«

»Gut. Und was ist mit dem Richter? Hat Balu durch die Wanzen, die wir in seiner Villa angebracht haben, etwas Interessantes herausfinden können?«, frage ich und hoffe, dass unser Einbruch in die Richtervilla wenigstens zu etwas nutze war.

Doch Balu hat keine guten Nachrichten für mich.

»Leider nicht«, berichtet er. »Ich hab einen Knopf im

Ohr und höre die Villa nebenbei fast den gesamten Tag ab. Aber ich höre entweder nichts oder nur den Papagei. Das ist furchtbar! Nur abends unterhalten sich der Richter und seine Frau ein wenig. Aber nie über die Entführung. Sie wissen, dass sie nichts tun können, bis er Maffei und den Boss freigesprochen hat. Es gibt auch keinen Kontakt des Richters, weder mit der Polizei noch mit den Entführern.«

»Okay. Das ist schlecht«, kommentiere ich.

»Kann es sein möglich, dass Tim dort ist, wo auch versteckt wird das Mädchen?«, fragt Charles in die Runde hinein.

Ich halte es für möglich, Naomi auch.

Balu hingegen schließt das eher aus. »Ich würde es nicht tun, wenn ich der Gorilla wäre.«

»Wie auch immer«, beendet Naomi die Gesprächsrunde. »Abena, du bist jetzt erst einmal auf dich allein gestellt. Wir sind aber in der Nähe.«

»Gut«, sage ich.»Könnt ihr mir meinen Rucksack und mein Smartphone bringen?«

»Natürlich«, verspricht Naomi. »Wir werden mit dem Campingwagen in der Nähe des Eingangstores stehen. »Sieh zu, dass du dorthin kommen kannst. Zum Beispiel heute Nacht.«

»Alles klar«, erwidere ich.

»Viel Glück«, wünschen mir Naomi, Charles, Billy und Balu.

Ich beende das Gespräch und warte auf Shiona.

Aber sie kommt nicht.

Was hat sie unten im Haus zu tun? Bestimmt nimmt sie

Kontakt zu Mitgliedern ihrer Bande – besser gesagt: zur Bande ihres Vaters – auf. Vielleicht sogar direkt zu ihrem Vater? Das wäre nicht nur denkbar, sondern auch logisch. Sie muss ja melden, dass sie wieder da ist, die Geschäfte sollen sicher weiterlaufen. Und vielleicht wird sie sogar zur zentralen Kontaktfigur zwischen ihrem Vater im Gefängnis und seinen Komplizen draußen, die das Mädchen gefangen halten? Ich muss also auf jeden Fall Shiona aufspüren und ausspionieren. Das hätte ich sofort machen und Shiona gar nicht erst allein aus dem Zimmer gehen lassen sollen. Mist! Aber mich bei den anderen YOUNG AGENTS zu melden, war ebenso wichtig. Wer weiß, wann ich wieder Gelegenheit dazu bekomme? Unschlüssig stehe ich in Shionas Zimmer und halte noch immer das Prepaid-Handy in meinen Händen. Ich sollte es ja sofort vernichten. Doch ich warte damit. Vielleicht muss ich Naomi und die anderen gleich noch mal anrufen?

Unschlüssig warte ich noch ein paar Minuten auf Shiona. Währenddessen überlege ich, ob ich ihr gleich nachgehen soll, hinunter ins Erdgeschoss, um nach ihr zu suchen, oder ob ich die kurze Zeit, die sie mich allein in ihrem Zimmer warten lässt, nutzen soll, um das ganze Zimmer nach Hinweisen auf die Richter-Tochter zu durchsuchen. Doch ich vermute, wenn Shiona mich hier oben unbeaufsichtigt allein lässt, dann gibt es hier auch nichts zu finden. Ich weiß, dass sie mir nicht vollends vertraut, so wie vermutlich überhaupt niemandem – außer ihrem Vater vielleicht.

Als sich nach wie vor nichts rührt und ich nichts von ihr

höre, beschließe ich, mich im Haus umzusehen. Zuerst gehe ich den offiziellen Weg hinunter ins Erdgeschoss, das heißt, ich besteige den Fahrstuhl, der direkt von ihrem Zimmer hinunter ins Foyer führt.

Doch auch hier unten ist nichts von ihr zu sehen.

»SHIONA?«, rufe ich durchs Erdgeschoss.

Ich schiebe die große Schiebetür auf, die ins Besprechungszimmer ihres Vaters führt. Hier ist sie nicht. Das Zimmer sieht so aus, als sei hier seit Monaten – seit Maffei im Gefängnis sitzt – nichts angerührt worden. Obwohl Shiona hier schon mehrere Arbeitssitzungen abgehalten hat, soweit ich weiß.

Ich gehe zurück ins Foyer und rufe erneut, zunächst: »SHIONA? BIST DU HIER IRGENDWO?«

Nichts rührt sich.

Mein zweiter Versuch: »HALLO? IST HIER ÜBERHAUPT IRGENDJEMAND?«

Kein Muckser im Haus.

Ich bin allein.

Wieso? Ist das eine Prüfung? Taucht Shiona gleich wieder aus irgendeiner Ecke auf wie in der Zelle in der einen Nacht, in der ich nach ihrem illegalen Handy gesucht habe? Oder …? Verflixt! Der Gedanke kommt mir erst jetzt: Vielleicht beobachtet sie mich gerade über irgendwelche Überwachungskameras? Dann hätte sie ja mein Telefonat eben auch mitbekommen! Andererseits: Balu und auch die älteren YOUNG AGENTS haben das doch mehrmals überprüft und festgestellt, dass dieses Haus keine Kameras hat. Zumindest keine, die an ein Internet-Netzwerk angeschlossen wären. Sonst hätte Balu sich da nämlich gern hineingehackt. Aber es gibt hier auch kein internes WLAN-Netzwerk, hat Balu gesagt. Denn in jeden Computer, der mit anderen verbunden ist, kann man sich hineinhacken. Das haben sie auf der Akademie immer wieder betont, und auch unsere Technik-Asse Naomi und Balu bestätigen das immer wieder.

Ich muss gestehen, ich kann das nicht. Jedenfalls nicht so gut. Meine Stärke liegt eher darin, in andere Köpfe »hineinzuschauen« als in fremde Computersysteme. Aber wo niemand ist, da kann ich auch niemandem die Gedanken »auslesen«.

Also, natürlich kann ich nicht wirklich Gedanken lesen, aber es gibt eine Reihe von Techniken, die es mir ermöglichen, aus den leisesten Zuckungen der Augenbrauen, der Augenlider, der Gesichtsmuskulatur, des Blicks, der Handhaltung, anhand von Schweiß und Gesichtsfarbe zu erkennen, was oder woran mein Gegenüber gerade ungefähr denkt. »Magier« auf der Bühne nutzen diese Techniken, von denen ich mir einige angeeignet habe, um meine natürliche Gabe zu unterstützen, für Gefühle anderer besonders empfänglich zu sein.

Aber wie gesagt, das Haus ist leer.

Trotzdem scanne ich mit meinen Blicken die Wände ab, aber ich kann keine Kameras entdecken. Doch anders als vorhin will ich vorsichtig bleiben. Man kann ja mal einen Fehler machen. Aber man muss ihn nicht gleich wiederholen. Also, was soll ich jetzt tun? Die Gelegenheit nutzen, um das gesamte Haus nach Hinweisen auf das Mädchen zu durchsuchen? Rausgehen zu Naomi und Billy im Campingbus? Oder auf eigene Faust weiter nach Shiona suchen?

Ich will noch mal Naomi anrufen und berichten, was hier drinnen geschehen ist. Dazu gehe ich dieses Mal sicherheitshalber auf die Toilette. Wenn es doch irgendwelche Abhörvorrichtungen geben sollte, dann wohl kaum hier auf dem Klo.

Ich schließe von innen ab, rufe Naomi an und berichte ihr.

»Sie ist weg?«, fragt Naomi verblüfft. »Also, hier vorn aus dem Haupttor ist sie nicht herausgekommen. Und es ist auch niemand in die Villa hineingegangen. Such mal, wo sie abgeblieben sein könnte, und melde dich in zwanzig Minuten wieder – wenn es geht.«

»Mach ich«, antworte ich und beende das Gespräch.

RAZZIA!

Seit drei Stunden schmore ich nun schon in diesem öden Raum. Der Gorilla kann mich doch unmöglich vergessen haben! Mein knurrender Magen ist nicht so schlimm. Aber ich habe Durst! Wenigstens eine Flasche Wasser hätte er mir doch hinstellen können. Dass er das nicht getan hat, zeigt mir, dass ich hier eigentlich nicht so lange festsitzen sollte. Entweder hätte der Gorilla mir längst etwas zu trinken gebracht oder mich hier herausgeholt. Aber dass weder das eine noch das andere geschehen ist, ist kein gutes Zeichen. Was, wenn dem Gorilla unterwegs etwas passiert ist? Vielleicht wurde er verhaftet? Oder ein Verkehrsunfall? Oder ein Kampf mit einer rivalisierenden Bande? Was, wenn der Gorilla gerade auf irgendeiner Intensivstation liegt? Oder im Koma? Oder narkotisiert auf einem Operationstisch? Und niemand außer ihm weiß davon, dass ich hier eingesperrt bin! Ohne Essen, ohne Trinken. Alles ist die reinste Horrorvorstellung! Selbst ich habe ja nicht einmal einen blassen Schimmer davon, wo ich mich eigentlich befinde.

Ich kann nur hoffen, dass mehr Leute über die Entführung der Richter-Tochter Bescheid wissen als der Gorilla. Sie wird hoffentlich weiter versorgt werden, und das nicht nur mit Wasser und Lebensmitteln. Jemand muss sich um sie kümmern. *Ich* muss mich ja schon zusammenreißen, um nicht durchzudrehen, eingepfercht in diesem kahlen Raum, ohne dass ich mit jemandem sprechen oder auch nur aus einem Fenster herausschauen könnte. Und ich bin zwar erst elf Jahre alt, aber immerhin ein ausgebildeter Kinder-Agent. Sophie dagegen ist ein achtjähriges, unbescholtenes Mädchen. Wenn die eingesperrt allein gelassen wird, dann kann die das doch gar nicht aushalten!

In meinem Raum gibt es rein gar nichts, nicht einmal eine Toilette. Vor etwa einer Stunde aber musste ich so dringend, dass mir nichts anderes übrig blieb, als in eine Ecke zu pinkeln. Seitdem stinkt es hier auch noch nach Urin. Es wird wirklich Zeit, dass sich jemand um mich kümmert.

Aber auch meine Freunde von den YOUNG AGENTS haben keine Chance, mich aufzuspüren. Wie sollten sie? Mein Handy hat der Gorilla mir abgenommen. Zwar durfte ich meine Smartwatch behalten, und die hat sogar einen eigenen GPS-Empfang, weil es eben auch eine Sportuhr ist. Aber ich habe hier drinnen keinen GPS-Empfang, und entsprechend kann man mich sowieso nicht orten.

Zumindest ist dieser Gedanke schon mal ein kleiner Hinweis auf meinen Aufenthaltsort. Es könnte wirklich gut möglich sein, dass ich mich in einem alten Bunker befinde. Davon stehen ja noch so einige im Stadtgebiet herum, seit Jahrzehnten ausgedient. Nichts passiert mehr darin. Aber ein Abriss geht entweder nicht, weil diese Betonklötze teilweise unter Denkmalschutz stehen oder ein Abriss zu teuer wäre und so weiter. Wenn es wirklich ein Bunker ist, würde das erklären, wieso es hier kein Fenster gibt. Dann ist aber auch klar, dass ich hier keinerlei GPS-Empfang habe, auch keinen Handy-Empfang hätte und mich niemand hört, wenn ich um Hilfe brüllen würde.

So allmählich muss ich allerdings die Möglichkeit einkalkulieren, dass der Gorilla nicht mehr zurückkommt und ich hier einsam und allein verschimmle, wenn mir nicht einfällt, wie ich mich selbstständig befreien könnte. Wie aber soll man aus einem Bunker ausbrechen? Es gibt theoretisch nur zwei Wege: erstens durch die Lüftung, aber die ist definitiv zu schmal, zweitens durch die Tür. Aber die ist fest verschlossen, und ich habe keinerlei Werkzeug bei mir, um das Schloss zu knacken, weil mir der Gorilla auch den Gürtel mit dem Lockpicker-Set abgenommen hat. In der ersten Stunde habe ich nur gewartet, aber seit zwei Stunden werde ich immer unruhiger und zermartere mir den Kopf, wie ich mich aus diesem finsteren Käfig befreien könnte. Doch mir fällt nichts ein.

Und jetzt – Moment – muss ich niesen. Haaatschi!

Nicht, dass ich mir in diesem finsteren Loch noch eine Erkältung hole. Aber ich weiß, so schnell geht das nicht. Trotzdem tropft mir jetzt die Nase.

Ich greife in meine Hosentaschen, um zu sehen, ob ich ein Papiertaschentuch dabeihabe. Linke Tasche nichts, rechte Tasche nichts. Und in den hinteren Taschen? Linke Tasche nichts, rechte Tasche … Augenblick mal!

Also, ein Taschentuch steckt auch da nicht, aber … was ist denn das?

Ich ziehe eine Büroklammer hervor.

Aber natürlich! Dann muss da auch noch eine zweite sein.

Ich greife noch mal in die Tasche, taste, suche mit den Fingerspitzen und – da hab ich sie!

YES! Ich hatte überhaupt nicht mehr daran gedacht. Diese Hose hatte ich bei einem Übungsnachmittag an. Trainiert habe ich an dem Nachmittag unter anderem das – Türöffnen! Wenn man weiß, wie's geht, braucht man nämlich nicht mehr als etwas Kenntnis über die Funktionsweise von Schlössern, zwei Büroklammern und ein wenig Training.

Deshalb habe ich auch genau die richtige Art von Büroklammern dabei. Es geht nämlich nicht mit jeder. Die kleinen, weichen, bunten zum Beispiel sind völlig untauglich. Aber diese hier, die blanken, großen, festen, eignen sich hervorragend!

Noch besser wäre, eine Zange zu haben, mit der man die Büroklammern in die richtige Form biegen kann. Die habe ich natürlich nicht in den Hosentaschen, aber ich kriege das sicher auch mit bloßen Fingern hin.

Es ist zwar eine blöde, fummelige Arbeit ohne Zange, aber es geht. Ich sitze also hier auf dem leicht feuchten Boden in dieser finsteren Zelle ohne Tageslicht und beginne meine Bastelstunde.

Nach zehn Minuten hab ich's. So müsste es gehen.

Ich gehe zur Tür und probiere meinen selbst zurechtgebogenen Dietrich aus. Doch es klappt nicht. Ich ahne aber, woran das liegen könnte. Vorn ist der Draht zu lang, am »Griff« zu kurz, sodass ich keine richtige Hebelwirkung habe. Außerdem müsste er vorn flacher sein. Also noch mal nacharbeiten.

Noch einmal zehn Minuten.

Erneute Probe.

Und jetzt ... Ja, ich bekomme das Schloss zu fassen!

Nun muss ich nur noch ein wenig an der Tür rütteln, und dann ...

In dem Augenblick höre ich, wie die Tür aufgeschlossen wird. Aber nicht von mir, sondern von der anderen Seite!

Der Gorilla!

Blitzartig ziehe ich meinen Draht zurück, stecke ihn mir in die hintere Hosentasche und stolpere zwei Schritte zurück, als sich vor mir die Tür schon öffnet.

Doch vor mir steht nicht etwa der Gorilla, sondern – Shiona!

»Du?«, wäre mir beinahe herausgerutscht. Aber in letzter Sekunde fällt mir ein, sie kennt mich gar nicht. Und ich kenne sie auch nur aus den Beschreibungen von den anderen sowie von Fotos.

Wieso ist sie hier? Die sitzt doch im Knast! Abena hat sich doch extra einsperren lassen, um Kontakt zu ihr aufzunehmen. Was ist da passiert?

Ich hatte mich vor Shionas Festnahme bei der Konkurrenzdiebesbande eingeschmuggelt, Abena bei Shionas Bande. Kennt sie mich dadurch vielleicht doch? Hat Abena etwas gesagt? Oder hatte Shiona noch anderweitige Kenntnisse über Amis Bande, in der ich spioniert habe? Wie auch immer, das größte Rätsel ist, wie Shiona hier in meinem »Gefängnis« auftauchen kann, statt selbst in einem richtigen Gefängnis zu sitzen. Das alles schießt mir durch den Kopf, als Shiona mich streng ansieht, aber im Türrahmen stehen bleibt und mich direkt fragt: »Für wen arbeitest du?«

»Hä? Was?«, frage ich zurück. Ich denke, am besten tue ich erst einmal völlig unschuldig.

»Du hast dich am Wagen meines Leibwächters zu schaffen gemacht«, erklärt Shiona. »Für wen also arbeitest du?«

»Ich …?«, spiele ich weiter den Unschuldigen. »Leibwächter? Wieso Leibwächter? Wer bist du denn?«

»Verarsch mich nicht!«, droht Shiona.

»Ich hab nur einen teuren SUV parken sehen und dachte, darin gibt es bestimmt was zu holen!«, versuche ich mich herauszureden.

»Ach ja?«, hakt Shiona nach. »Dann bist du also ein Dieb? Gut! Und für wen arbeitest du? Du kleiner Furz bist doch nicht auf eigene Faust unterwegs!«

Ich merke, sie hat nicht den geringsten Verdacht, dass ich ein YOUNG AGENT sein könnte. Die Rolle als Dieb aus Amis Bande kann ich ja ruhig weiterspielen.

»Also gut«, räume ich ein. »Ich bin in Amis Bande. Oder besser: war. Der gesamte Kopf der Bande sitzt im Gefängnis. Da läuft also zur Zeit nichts mehr. Drum ziehe ich alleine los. Von irgendetwas muss ich ja leben.«

Shiona kommt einen Schritt auf mich zu. Und lacht mir frech ins Gesicht.

»Von etwas leben?«, wiederholt sie kichernd. »So ein Knirps wie du lebt doch von seinen Eltern. Wie alt bist du denn? Neun oder zehn?«

»Elf, fast zwölf!«, antworte ich. »Und ich habe keine Eltern. Also zumindest keine, die das Sorgerecht für mich haben. Ich bin aus einem Heim in München abgehauen. Und werde noch gesucht.«

Bis auf den letzten Satz stimmt sogar alles.

»Du suchst also einen Job als Dieb?«, fragt Shiona mich direkt.

»Hast du einen?«, frage ich nach. Dass ich über sie Bescheid weiß, darf sie ja auch nicht wissen.

Shiona lächelt mich an. Nicht so abfällig wie eben, sondern eher abschätzend.

»So klein, das wäre von Vorteil«, murmelt sie. Aus dem Grund war ich ja auch in Amis Bande untergekommen. »Und geschickt bist du auch. Immerhin hast du den SUV meines Leibwächters aufbekommen.«

Ich bedanke mich mit einem Grinsen für das Lob.

Doch Shiona verzieht sofort wieder das Gesicht. Fast wie unser Prof, nachdem er versehentlich mal ein Lob ausgesprochen hat.

»Aber du hast dich erwischen lassen«, hält sie mir vor. »Sonst wärst du ja gar nicht hier.«

Ich zucke mit den Schultern. »Künstlerpech!«

»Künstlerpech?«, wiederholt sie schnippisch. »Was ist das denn für eine Scheiße? So etwas gibt es bei mir nicht. Fehler sind nicht gestattet.«

»Ist klar«, stimme ich ihr untertänigst zu.

Eine Bemerkung dazu, dass sie selbst gerade noch im Knast saß und auch ihr Vater noch im Gefängnis sitzt, spare ich mir natürlich.

»Komm mit«, fordert sie mich auf und wirft mir ein schwarzes Tuch zu.

Ich fange es und schaue sie fragend an.

»Na, was wohl?«, raunzt sie mich schon wieder an. »Augen verbinden!«

Schade, dass sie daran gedacht hat. Ich hätte gern gewusst, wo ich mich hier eigentlich befinde.

Shiona denkt gar nicht daran, mich herauszuführen. Blind taste ich mich mit den Händen voran zum Ausgang. Dort aber packen mich plötzlich zwei große Hände und führen mich weiter. Mir ist sofort klar, das kann nur der Gorilla sein.

Wir steigen in ein Auto ein, fahren los. Und erst nach einiger Zeit – ich schätze mal einer guten halben Stunde, vielleicht auch länger – darf ich die Augenbinde abnehmen. Wir stehen vor einer Villa. Maffeis Villa!

Shiona steigt aus, winkt mich zu sich, schließt die Haustür auf, und wir betreten das Foyer. Dort erwartet uns – Abena!

Ich bin so erstaunt, ich weiß nicht, ob ich das komplett verbergen konnte.

Auch Abena zuckt kurz und verräterisch mit den Augenbrauen.

Aber es gibt gar nichts zu verraten.

Denn Shiona sagt zur Begrüßung: »Ihr kennt euch, oder?«

Abena schaltet schneller als ich.

»Ja, klar!«, antwortet sie, und ich bin äußerst verwundert darüber. Wieso sagt sie das?

»Er war in Amis Bande. Ich hab ihn mal gesehen, als ich für dich dort …« Sie bricht ab.

Shiona lacht und beendet ihren Satz: »… spioniert

hast. Kannst du ruhig so sagen. Der Knirps gehört jetzt zu uns!«

»So?«, fragt Abena.

Ich nicke und lächle verlegen. Ich merke, dass Abena wohl erheblich besser darüber im Bild ist als ich, was hier vor sich geht, sodass ich beschlossen habe, erst einmal ruhig zu sein und die beiden Mädchen reden zu lassen.

Hinter uns betritt nun der Gorilla das Foyer, verschwindet aber sofort in einem der Nebenzimmer.

»Sieh ihn dir an, Abena«, sagt Shiona. »So klein, der passt durch jede Türritze. Den können wir doch gut brauchen.«

»Wo hast du ihn aufgetrieben?«, fragt Abena.

Sehr geschickt. So kann sie sich von Shiona erzählen lassen, was passiert ist und was Shiona weiß und was nicht.

Shiona berichtet von meinem Versuch, den SUV aufzubrechen, und was daraus folgte. Leider gibt es für mich keine Möglichkeit, auf ebenso geschickte Weise zu erfahren, wieso Shiona und Abena hier in der Villa hocken statt in der Gefängniszelle. Das muss ich später Abena in einem ruhigen Moment selbst fragen.

»Du kannst hier pennen«, sagt Shiona zu mir.

Ich überlege, was ich zu dem Angebot sagen soll. Wäre es nicht sogar recht praktisch? Näher könnte ich ihr kaum auf den Fersen sein. Doch Abena reagiert wieder schneller als ich.

»Keine gute Idee«, wirft sie ein.

»Ach nein?«, fragt Shiona und zieht eine Augenbraue zu einem kritischen Blick hoch. »Und wieso nicht?«

»Weil du ihn nicht gut genug kennst«, erläutert Abena. »Vor ein paar Stunden wollte er noch euren SUV ausrauben! Ich würde ihm erst mal nicht so ohne Weiteres trauen.«

Na danke, Abena! denke ich. Aber vermutlich hat sie recht. Wenn Abena an Shiona dran ist, brauche ich das nicht auch noch zu sein. Besser wäre es, Kontakt zu den anderen YOUNG AGENTS draußen zu halten.

»Okay«, stimmt Shiona Abena zu. »Hast recht. Stellen wir ihn in den nächsten Tagen erst einmal auf die Probe.« Dann wendet sie sich an mich. »Geh … nach Hause, wollte ich gerade sagen. Aber du hast ja keins. Wo kommst du unter?«

»Keine Sorge«, beruhige ich sie. »Ich kenne ein paar Stellen.«

Shiona überlegt einen Augenblick, wohl, ob sie es gut findet, wenn ich »irgendwo« außerhalb ihres Einflussbereichs unterkomme. Doch dann stimmt sie zu.

»Okay«, sagt sie. »Komm morgen Vormittag um elf hierher. Dann kannst du etwas für mich tun.«

Ich stimme zu und verabschiede mich.

Kurz darauf verlasse ich das Gelände durch das große Gartentor. Gerade will ich überlegen, wie ich nach Hause komme, da entdecke ich unseren Campingwagen etwa fünfzig Meter weiter am Straßenrand. Im selben Moment öffnet sich die Seitentür des Wagens, und Naomi springt heraus und winkt mich zu sich.

Ich laufe hin, steige mit ihr ein.

»Hi, Tim! Was war los?«, begrüßt mich Billy, während Naomi hinter mir die Tür von innen schließt.

Ich setze mich zu ihm an den kleinen Tisch. Naomi hockt sich im Schneidersitz aufs Bett. In groben Zügen unterrichte ich die beiden, was geschehen ist, dass ich entführt, gefangen gehalten und von Shiona schließlich hierhergeholt wurde.

»Eine Art Zelle?«, fragt Billy, nachdem ich meinen Bericht beendet habe. »Ich war auch mal gefangen, gemeinsam mit Shiona. Das war ein verstecktes Gefängnis vom ›Boss‹. Wie sah es bei dir aus?«

Ich erzähle es ihm, und wir kommen überein, dass wir nicht vom selben Ort sprechen.

»Interessant«, fasst Naomi zusammen. »Offenbar verfügen Maffei und der Boss über mehrere solcher geheimer Verstecke und privater Gefängniszellen. In einer von denen könnte das Mädchen stecken.«

»Ich habe aber keine Ahnung, wo ich war«, muss ich leider zugeben.

»Das geht mir auch so«, sagt Billy. »Ich bin davon überzeugt, es gibt nur zwei Möglichkeiten, das Mädchen zu finden. Entweder über Shiona oder über den Gorilla.«

»Da kommt er übrigens!«, unterbricht Naomi.

Sie zeigt auf den Laptop, den sie vor sich auf dem Tisch stehen hat. Denn im Moment überwacht sie die Villa nicht, indem sie aus dem Autofenster schaut, sondern über die kleine, auf dem Autodach montierte Webcam.

Wir sehen auf dem Laptop, wie sich wieder das Gartentor öffnet und der schwarze SUV des Gorillas das Gelände verlässt. Das hatten wir alles schon mal. Exakt die gleiche Szene. Naomi und ich waren dem Gorilla gefolgt, was letztlich mit meiner Entführung endete. Werden wir jetzt etwa die ganze Verfolgung wiederholen?

Naomi scheint mir meine Frage aus dem Gesicht abzulesen.

Denn obwohl ich gar nichts gesagt habe, antwortet sie: »Keine Angst! Diesmal bleiben wir hier.«

»Und der Gorilla?«, frage ich nun doch.

Wieder deutet Naomi auf den Bildschirm, auf dem sich nun ein zweites Fenster öffnet, während das erste Fenster der Webcam etwas schrumpft und zur Seite rückt. Nun stehen zwei Fenster nebeneinander. Auf dem rechten immer noch das Bild der Webcam, die sich dreht und die Fahrt des SUV automatisch verfolgt. Auf dem linken plötzlich ein Luftbild, das den SUV von oben zeigt.

»Charles ist mit der Drohne gestartet«, erläutert Naomi. »Er nimmt dieses Mal die Verfolgung auf.«

Eine gute Idee, finde ich. Das hätten wir beim ersten Mal vielleicht schon so machen sollen. Doch schon ereilt uns die nächste Überraschung.

»Habt ihr gesehen das?«, fragt Charles über Funk.

Seine Stimme ertönt aus dem Laptop. Die Kamera der Drohne schwenkt fort von dem SUV, rüber auf die nächstgrößere Hauptstraße, die wir nun von oben sehen – und wir trauen unseren Augen nicht!

»Sind das etwa …?« Die Frage bleibt ihr im Hals stecken.

»Yes!«, bestätigt Charles von oben. »Drei … Wie sagt man … Mannschaftswagen? Jedenfalls von die Police. Ich denke, sie kommen to the Maffei-Villa. Meint ihr nicht?«

»Oh Shit!«, flucht Naomi. »Natürlich, wohin sonst? Ich denke, die Zentrale wollte das verhindern? Hat der Prof das etwa nicht geschafft?«

»Offenbar nicht. Die Polizei will die Villa nach der Flucht von Shiona durchforsten. Was sonst sollten die hier wollen?«, kommentiert Billy.

Ich schaue ihn verwundert an.

Billy berichtet mir in drei Worten, dass Shiona und Abena aus dem Jugendgefängnis geflohen sind. Wow! Wie haben sie das gemacht? Deshalb also sind die beiden auf freiem Fuß. Aber … »Wieso sitzen sie dann in der Villa?«

Billy zuckt mit den Schultern. »Offenbar fühlt Shiona sich dort sicher.«

»Aber das ist wohl ein Trugschluss!«, sagt Naomi. »Los, Tim. Renn los, du musst sie warnen. Die Polizei wird in zwei, drei Minuten hier sein. Schnell!«

Ich? Äh … Wieso …?

So schnell kann ich Naomis Gedankengang nicht nachvollziehen. Aber dafür bleibt auch keine Zeit. Ich springe aus dem Wagen und renne, so schnell ich kann, zurück zum Eingang. Aber das Tor hat sich mittlerweile wieder geschlossen. Ich klingle Sturm an der Gegensprechanlage.

Zum Glück dauert es nicht allzu lange, bis Shiona sich meldet. »Wer da?«

»Tim!«, rufe ich in die Sprechanlage. »Die Bullen kommen. Ihr müsst weg. Sofort!«

»Komm hintenrum«, antwortet Shiona. Ihre Stimme klingt auffällig gelassen.

»Was?«, frage ich. Was heißt das – hintenrum? Was meint sie damit?

Aber ich merke, dass Shiona schon gar nicht mehr an der Sprechanlage steht.

Mist! Also muss ich nach »hinten«, wo immer das sein soll.

Ich will gerade loslaufen, da steht Billy hinter mir.

Ich erschrecke.

Billy streckt mir seine Hand entgegen. »Kleb dir das unter deinen Kragen!«

Er gibt mir eine selbstklebende Abhörwanze. »Wir müssen wissen, was dort drinnen los ist.«

Ich knipse mir das Ding an und frage gleichzeitig, was Shiona mit »hinten« gemeint haben könnte.

»Es gibt ein kleines Gartentor nach hinten raus«, erläutert mir Billy. Du musst linksherum um das Gelände laufen.«

Gut zu wissen, denn ich wäre glatt rechtsherum gelaufen.

»Beeil dich!«, fordert Billy.

Wir können schon sehen, wie die ersten Polizeiwagen dort hinten in Shionas Straße einbiegen.

Ich flitze los. Billy läuft zurück zum Wohnmobil.

Ich muss mich durch Büsche und Gestrüpp schlagen, doch dann entdecke ich ein kleines, unscheinbares, verrostetes Gatter. Aber der Schein trügt. Bevor ich den Griff betätigen kann, öffnet es sich von selbst. Ich gehe hindurch. Da sehe ich am Fenster Shiona, die mich heftig zu sich winkt. Ich renne übers Gelände zu ihr.

Sie öffnet das Fenster. »Komm!«

Ich klettere durchs Fenster ins Haus hinein, obwohl mir das widersinnig erscheint. Denn sie und Abena müssen hier raus! Mittlerweile habe ich nämlich auch Naomis Plan verstanden. Wenn Shiona jetzt wieder gefasst und ins Gefängnis gesteckt wird, wird es für uns schwieriger bis unmöglich, von ihr zu erfahren, wo die Tochter des Richters versteckt gehalten wird. Shiona muss den Polizisten entkommen. Wenn ich dabei helfe, baue ich Vertrauen zu ihr auf. Und so haben Abena und ich die Chance, endlich den Aufenthaltsort des Mädchens herauszubekommen.

»Die Bullen stehen schon fast vor der Tür«, teile ich Shiona noch mal eindringlich mit.

»Nicht nur fast«, antwortet sie. »Die sind schon da. Ich öffne ihnen jetzt das Tor.«

»Was?«, frage ich entsetzt.

Mein Blick geht zu Abena, die etwas hinter Shiona steht und sich im Moment nicht einmischt.

»Du wirst ihnen gleich die Haustür öffnen«, trägt Shiona mir auf.

»Was?«, frage ich noch mal. Ich verstehe mal wieder überhaupt nicht, was sie vorhat.

Shiona wendet sich an Abena. »Ist der immer so?«

Bevor Abena etwas antworten kann, ist Shiona schon wieder bei mir.

»Du öffnest den Polizisten die Tür und sagst, du sollst nur die Blumen gießen, als Taschengeldjob. Okay?«

»Ich … Ich …«, stottere ich.

»Kapiert?«, drängt Shiona.

»Ja«, antworte ich zögerlich.

»Na, wie schön!«, sagt Shiona schnippisch. »Dann los! Bevor die hier die Tür eintreten!«

»Und wenn die das Haus durchsuchen wollen?«, frage ich.

»Oh, das werden sie ganz bestimmt«, sagt Shiona. »Dann lass sie. Kein Problem. Die sollen nur alles wieder ordentlich hinterlassen.«

Ich bin völlig perplex. Wieso bleibt sie so ruhig? Draußen steht eine Hundertschaft Polizisten, die sie zurück ins Gefängnis bringen wollen. Sie hat nicht die geringste Chance, zu entkommen!

»Und was ist mit euch beiden?«, frage ich.

»Kümmere dich nicht um uns«, gibt Shiona mir mit auf den Weg, während sie mich voran zur Zimmertür schubst. »Also los. Mach ihnen auf!«

Völlig verdattert verlasse ich das Zimmer. Im Foyer drehe ich mich noch einmal zu den beiden Mädchen um, um nach ihnen zu se... Aber da sind sie plötzlich verschwunden! Dort, wo sie eben noch mitten im Zimmer gestanden haben, ist niemand mehr. Das Fenster, durch das ich hereingekommen bin und das Shiona hinter mir gleich wieder geschlossen hat, ist immer noch verschlossen. Wo sind die beiden geblieben?

Ich kann mich jetzt nicht mehr darum kümmern, eine Antwort auf meine Frage zu bekommen.

ERNEUTE FLUCHT

Uns YOUNG AGENTS war immer bewusst, dass wir es bei Maffei, dem Boss und ihren Banden mit absoluten Profis und Schwerstkriminellen zu tun haben. Und auch durch unseren Geheimdienst habe ich ja schon so manches gesehen und erlebt, was der normale Mensch bestenfalls aus Kinofilmen kennt. Aber damit habe ich dann doch nicht gerechnet.

Shiona schickt Tim zur Haustür, um die Polizei abzufangen, gleichzeitig packt sie mich an der Hand und zerrt mich mit sich direkt auf ein großes Bücherregal zu. Shiona zieht das dritte Buch von links aus dem zweiten Regal von oben heraus. Ich weiß auch nicht, wieso ich mir das automatisch so genau merke. Auf jeden Fall war das gut so. Denn das Buch kann sie gar nicht ganz aus dem Regal herausnehmen, sondern nur nach vorn kippen. Zeitgleich tritt sie einen Schritt zurück, während sich das Regal um neunzig Grad dreht und uns damit Zugang zu einem kleinen Raum dahinter öffnet. Shiona und ich zwängen uns also durch den schmalen Eingang. Hinter uns schließt sich das Bücherregal wieder, eine kleine Lampe schaltet sich automatisch an, und wir stehen in einem kleinen, engen Raum, der an eine Fahrstuhlkabine erinnert. Was heißt erinnert? Es *ist* eine Fahrstuhlkabine! Genau wie der geheime Fahrstuhl in der Tankstellentoilette, der uns bis vor Kurzem ins Büro des Profs beförderte. Maffei hat genau den gleichen geheimen Fahrstuhl in seiner Villa. Wow! Das hätte ich wirklich nicht erwartet.

Ich bin mir sicher, dass wir jetzt – ebenso wie bei unserem Prof – in ein geheimes Büro fahren, wo wir ausharren werden, bis oben im Haus die Polizei wieder weggeht, ohne etwas gefunden zu haben.

Doch auch damit liege ich falsch. Nach kurzer Fahrt landen wir nicht in einem unterirdischen Büro, sondern in einem unterirdischen Gang!

»Wow!«, sage ich anerkennend, in der Hoffnung, dass Shiona mir nun aus freien Stücken etwas mehr über diesen Gang und vielleicht noch weitere Geheimgänge oder auch geheime Räume erzählen wird. Vielleicht befindet sich hier unten sogar das Versteck der Richter-Tochter?

Doch Shiona sagt nichts. Sie geht einfach voran. Nicht einmal eine Taschenlampe müssen wir benutzen. Denn mit jedem Schritt, den wir in dem stockfinsteren Tunnel vorangehen, schaltet sich immer für etwa zehn Meter vor uns das Licht selbsttätig ein. Der ganze Gang ist also mit Bewegungsmeldern ausgestattet und mit Strom versorgt – was vermutlich schon deshalb wichtig ist, um den Tunnel mit Frischluft zu versorgen.

Die Wände sind kahl, aber verputzt. Also ist es keineswegs ein behelfsmäßiger Tunnel, lediglich mit Holzbalken abgestützt, wie man es vielleicht von Bildern aus Bergwerken kennt; nein, dies hier ist ein richtig gemauerter, sauber verputzter, beleuchteter Fußgängertunnel mit einem ordentlichen Estrich-Boden. Fast so, als würde man in einem Bürohaus oder einem Hotel hinunter zur Tiefgarage gehen.

Und genau das tun wir auch, wie ich nun feststelle!

Denn Shiona öffnet am Ende des Tunnels eine Stahltür, und wir betreten tatsächlich eine stattliche Tiefgarage, in der drei Autos nebeneinander parken. Drei weitere Stellplätze sind noch frei. Ich muss zugeben, ich bin tief beeindruckt. Dennoch stellt sich mir die Frage: Was will Shiona hier? Das Gelände oben ist von der Polizei umstellt.

Als ich das frage, macht Shiona das, was sie offenbar am liebsten macht, wenn ich sie etwas frage: Sie lächelt mich auf eine Weise an, die immer ein bisschen was von Auslachen hat.

»Wir sind nicht mehr auf unserem Gelände«, betont sie.

Klar! Der Tunnel, durch den wir gerade gegangen sind, war auch recht lang.

»Das ist ja wie bei James Bond!«, sage ich.

Shiona lacht. »Ja, nur dass wir keine Agenten sind.«

Jetzt muss ich loslachen. Wenn die wüsste!

»Welchen nehmen wir?«, fragt sie mich ernsthaft.

Ich brauche einen Moment, um zu verstehen. Ich hatte gedacht, wir verlassen die Tiefgarage zu Fuß oder stoßen gleich bestenfalls auf zwei Fahrräder. Doch Shiona will offenbar eines der drei Autos nehmen.

»Kannst du Auto fahren?«, frage ich.

Ich kann es natürlich, aber das werde ich ihr nicht auf die Nase binden.

»Ja, ein bisschen«, antwortet Shiona. »Ehrlich gesagt, lerne ich es gerade.«

»Öh«, stottere ich. »Nichts für ungut. Aber hältst du es für eine gute Idee, als Fahrschülerin gleich in einem Auto zu fliehen? Und das, obwohl du in deinem Alter noch gar nicht im Straßenverkehr am Steuer sitzen darfst?«

»Meine Güte!«, ruft Shiona aus und lacht wieder gehässig. »Bist du etwa so eine Streberin, die in der Schule immer in der ersten Reihe sitzt und ständig darauf achtet, was man alles nicht machen darf?«

Ich fühle mich ein bisschen ertappt. Denn tatsächlich war ich als Schülerin immer ein kleines bisschen so. Bis ich YOUNG AGENT wurde.

Doch ich antworte natürlich: »Quatsch! Aber ...«

»Du hast ja recht«, unterbricht mich Shiona grinsend. »Ich fahre doch gar nicht.«

Ich schaue mich um, denn ich war überzeugt, wir beide wären allein hier unten in der geheimen Tiefgarage. Aber offenbar ist noch ein Fahrer anwesend, den ich aber nicht sehen kann.

»Wir nehmen den.« Shiona zeigt auf eine schicke, silberne Limousine, deren Marke ich nicht erkenne. Ich habe dieses Modell ehrlich gesagt noch nie gesehen.

Shiona öffnet die hintere Seitentür und fordert mich gut gelaunt auf: »Steig ein!«

Ich drehe mich immer noch irritiert zu allen Seiten um, kann niemanden sehen, steige ein und staune. Auch so einen Innenraum habe ich noch nie gesehen. Luxuriös wäre untertrieben. Von außen wirkt der Wagen wie eine gewöhnliche Limousine, nichts Außergewöhnliches, nichts Protziges. Nur eben sehr – unbekannt. Innen aber sitze ich nun auf feinstem weichem Leder, um uns herum ist alles edel in schwarz glänzendem Holz verkleidet, als hätte man dafür ein Piano zerlegt. In den Kopfstützen der Vordersitze spiegelt sich mein Gesicht in matten Bildschirmen. Der ganze Innenraum ist in dezentem dunkelgelbem und blauem Licht beleuchtet. Als säßen wir nicht in einem Auto, sondern in einer Nachtbar.

Shiona setzt sich neben mich, schließt die Tür hinter sich und gibt die Anweisung: »Abfahrt!« Gefolgt von einer Adresse. Ich begreife, dass dies ein Sprachbefehl für ein Navi war. Aber wo ist der Fahrer?

Ohne dass ich ein Motorengeräusch wahrnehme, setzt sich der Wagen in Bewegung. Ohne Fahrer!

»Ein selbstfahrendes Elektroauto«, erklärt Shiona mir. »Prototyp.«

»Öh…«, mache ich nur wieder. Zu mehr bin ich im Moment nicht fähig.

»Mein Vater hat viel Geld in einige Unternehmen investiert, die Akkus herstellen«, erläutert Shiona. »Na ja, und da hat er die passenden Beziehungen, um sich so ein Auto bauen zu lassen.«

Ich verstehe: investieren in ein Zukunftsgeschäft. Damit

kann man einerseits viel Geld verdienen, gleichzeitig sein Vermögen aus kriminellen Geschäften »waschen« und dafür womöglich noch staatliche Förderungen kassieren. Ich muss kurz an einen Fall denken, mit dem die alten YOUNG AGENTS zu tun hatten: illegaler Handel mit Elektromüll, der auf hochgiftige Deponien in Nigeria und einigen anderen afrikanischen Ländern verschifft wird, wo die Ärmsten der Armen und vor allem viele Kinder auf den Giftdeponien das bisschen Altmetall herausfischen, das halbwegs wertvoll erscheint. Ebenso an die vielen Kinder, Jugendlichen und völlig verarmten Arbeiter, die in hochgiftigen Kobaltminen arbeiten, um den Rohstoff für Akkus abzubauen.

»Ist das Auto denn zugelassen?«, frage ich.

Shiona lacht. »Vieles von dem, was wir tun, ist nicht zugelassen.«

Stimmt auch wieder.

Dafür, dass wir gerade auf der Flucht vor einer Polizeirazzia sind, hat Shiona auffällig gute Laune. Ich habe fast den Eindruck, es macht ihr sogar Spaß, gejagt und verfolgt zu werden.

Sie öffnet eine Klappe in unserer Rückbank und zieht eine Schublade hervor, die sich als verspiegelte Minibar entpuppt.

»Einen Champagner?«, fragt sie mich ernsthaft.

»Wir ...«, bringe ich nur stockend hervor, »... sind doch auf der Flucht!«

»Ja«, bestätigt Shiona. »Aber erfolgreich. Das ist doch ein Schlückchen wert!«

Ich lehne natürlich trotzdem ab.

Unser Auto fährt eine kleine Rampe empor. Vor uns öffnet sich automatisch ein Garagentor. Wir fahren hinaus, und aus dem Fenster erkenne ich, dass wir aus der Tiefgarage eines kleinen, unscheinbaren Nachbarhäuschens herausfahren und rechts in die Straße einbiegen. Links von uns liegt die Villa, aus der wir gerade abgehauen sind und die noch immer von der Polizei umstellt ist. Niemand kommt auf die Idee, dass die beiden ausgebrochenen Sträflingsmädchen, die sie suchen, nur hundert Meter von ihnen entfernt mit einem Gläschen Sekt in der Hand aus der Garage des Nachbarn herausgondeln.

ENDLICH EINEN SCHRITT WEITER!

Wie Shiona mir aufgetragen hat, öffne ich die Haustür und will die Polizisten hereinlassen und mein Sprüchlein aufsagen. Aber dazu komme ich gar nicht. In voller Kampfmontur, vermummt und mit gezogenen Waffen stürmen sie ins Haus. Ich muss beiseitespringen, damit sie mich nicht einfach überrollen.

Das ist ein Spezialeinsatzkommando, was ich sofort an ihrer Ausrüstung erkenne, über die ich in meiner Ausbildung einiges gelernt habe: SEKs tragen zum Beispiel eine fünfzehn Kilo schwere beschusshemmende Weste mit Stichschutz. Dazu eine Sturmhaube und einen ballistischen Helm, das heißt, auch der Helm hält einen Beschuss bis zu Kaliber .44 Magnum stand. Neben Atemschutzmaske, Funkgerät, Uhr und Mehrzweckmesser sind sie natürlich mit schweren Waffen ausgestattet, wie zum Beispiel einer Walther-P99-Pistole und einer Maschinenpistole, die sie jetzt schussbereit im Anschlag vor sich halten.

Offenbar hält die Polizei Shiona für deutlich gefährlicher, als sie in Wahrheit wohl ist.

Mit lauten Rufen durchkämmt das SEK schrittweise Zimmer für Zimmer die gesamte Villa. Es dauert etliche Minuten, ehe die ersten Beamten aus dem obersten Stock, wo Shionas Musikstudio liegt, wieder herunterkommen und berichten, dass die Villa »sauber« sei. Erst jetzt betreten Polizisten in normaler Uniform und zwei Kriminalbeamte in Zivil das Haus. Nun beginnt die eigentliche Durchsuchung.

Einer der beiden Kriminalbeamten kommt auf mich zu.

Jetzt erst habe ich die Gelegenheit, meinen vorgegebenen Text aufzusagen, dass ich hier nur die Blumen gießen soll und dadurch mein Taschengeld etwas aufbessere.

Der Kriminalbeamte kauft mir meine Geschichte ab und sagt mir, ich dürfe nun nach Hause gehen.

Das tu ich auch, aber natürlich gehe ich nicht nach Hause, sondern hinaus zu unserem Wohnmobil.

»Wo sind Shiona und Abena?«, fragt mich Naomi, nachdem ich ihr und Billy von der Hausdurchsuchung erzählt habe.

»Keine Ahnung«, muss ich ehrlich antworten. »Auch das SEK hat bisher keine Spur von ihnen gefunden. Es muss irgendwo einen Geheimgang geben.«

Naomi und Billy schauen sich an. Über viele Wochen waren sie regelmäßig in der Villa, vorgeblich, um mit Shionas Musikband oben im Studio zu proben. Zwischendurch haben sie jede Gelegenheit genutzt, die Villa zu durchsuchen. Aber auf einen Geheimgang sind sie dabei nie gestoßen.

»Na ja«, kommentiert Billy. »Sonst wäre der Gang ja nicht geheim, wenn man ihn auf Anhieb entdecken würde.«

»Tolle Erkenntnis!«, murrt Naomi. »Die Frage ist, wo steckt Abena jetzt mit Shiona?«

»Hat Abena kein GPS bei sich?«, frage ich. »Oder Handy?«

»Wie denn?«, fragt Naomi zurück. »Die beiden sind doch direkt aus dem Gefängnis in die Villa geflohen. Abena hatte nichts weiter bei sich.«

»Aber zwischendurch hat sie uns mit einem Prepaidhandy von Shiona angerufen«, sagt Billy. »Wir haben die Nummer. Das kann man doch auch orten, oder nicht?«

»Ja, natürlich! Jedes Handy ist mit den Funknetzen der Betreiber verbunden und kann somit auch geortet werden«, antwortet Naomi. »Wartet, ich versuch's mal.«

Naomi ruft auf ihrem Laptop ein spezielles Programm auf, tippt in rasendem Tempo mit zehn Fingern irgendwelche Daten, auf jeden Fall aber auch die Nummer des Handys ein, mit dem Abena sie angerufen hatte, und sieht zu, wie nun irgendwelche Datenreihen voller weißer Buchstaben, Zahlen und Sonderzeichen auf schwarzem Grund herunterrattern. Immer, wenn Naomi auf dem Geheimdienstcomputer irgendetwas nachverfolgt, verändert sich das Bild auf ihrem Computer von einer Oberfläche, wie man sie kennt – mit Icons, Bildchen und Maus-Cursor –, zu Displays wie aus den Anfängen der Computerzeiten: schwarzer Bildschirm, weiße Zahlenkolonnen und alles per Hand eintippen.

»Da!«, ruft Naomi.

Der schwarze Bildschirm flackert, dann wird er wieder farbig und zeigt eine Stadtkarte. Automatisch zoomt die Karte auf einen bestimmten Punkt: Maffeis Villa, auf der nun ein roter Punkt blinkt.

»Mist!«, flucht Naomi.

Ich erkenne, was sie ärgert. Der rot blinkende Punkt bedeutet: Das Handy liegt noch in der Villa. Abena hat es offenbar dort abgelegt.

»Wieso hat sie das gemacht?«, fragt Naomi.

»Vielleicht war es Shiona und gar nicht Abena«, mutmaße ich.

Jedenfalls ist klar: Wir haben zur Zeit keine Möglichkeit, den beiden Mädchen zu folgen, und wir haben keine Ahnung, wo sie sich gerade befinden.

»Oder sie sind noch da«, wirft Billy ein.

Naomi und ich schauen ihn verdutzt an.

»Sie haben sich vielleicht nur irgendwo in der Villa versteckt«, erläutert Billy seine Vermutung. »Womöglich gibt es keinen Geheimgang, sondern einen geheimen Raum! So etwas wie einen *panic room,* wisst ihr?«

Ich weiß, was er meint. Die Erfindung kommt wohl

aus den USA. Ein *panic room* ist ein Schutzraum, den sich reiche Leute in ihre Villen einbauen lassen, um sich verstecken und verbarrikadieren zu können, wenn zum Beispiel Gewaltverbrecher in ihr Haus eindringen. Der Raum ist einbruchssicher, feuerfest, hat einen eigenständigen Stromkreis, hält Vorräte bereit, um einige Tage dort drinnen überleben zu können, und ist sowohl mit einem Überwachungssystem als auch natürlich mit Telefonverbindungen zur Polizei ausgestattet.

Naomi glaubt allerdings nicht, dass solch ein Raum in der Villa existiert.

»Maffei ist ein Mafiaboss«, erklärt sie. »*Vor dem* versteckt man sich höchstens, aber der versteckt sich nicht selbst. Nein, ich bin sicher, dass Shiona durch einen geheimen Gang abgehauen ist und Abena mitgenommen hat.«

»Ich denke, wir können uns auf Abena verlassen«, sagt Billy. »Sowie es irgend möglich ist, wird sie sich bei uns melden.«

»Und was macht der Gorilla?«, frage ich.

Naomi gibt die Frage sofort per Funk weiter an Charles, der noch immer mit seiner Drohne den Gorilla in seinem SUV verfolgt.

»Ich wollte mich gerade bei euch melden«, antwortet Charles. »Ich stehe auf die Dach von eine kleine Hotel in die HafenCity. Der SUV parkt vor die Haus gegenüber, Gorilla ist gestiegen aus und gegangen in die Haus. Ich denke, er wohnt in diese Haus!«

»Gut!«, gibt Naomi durch. »Bleib da, Charles, und behalte das Wohnhaus im Auge.«

»Das wird nicht sein möglich«, antwortet Charles. »Das Wohnhaus ist etwas höher als diese Hotel. Wenn Gorilla wohnt in die obere Etagen, er kann aus Fenster blicken und sehen mich in Drohne auf die Dach. Ich müsste möglichst bald von diese Ort fort.«

Naomi kaut auf ihrer Unterlippe. »Verstehe«, sagt sie. »Bleib aber noch dort. Wir überlegen uns etwas.«

Naomi beendet die Verbindung und wendet sich an Billy und mich.

»Habt ihr eine Idee, wie wir den Gorilla observieren können?«, fragt sie.

»Mit dem Wohnmobil«, antwortet Billy. »Hier in der Villa passiert vorerst sowieso nichts. Wir können in die HafenCity fahren.«

Naomi nickt ihm zu. »Gut, das machen wir.«

Sie steht auf und geht nach vorn zum Fahrersitz.

»Aber wenn er oben wohnt, bringt das wenig, wenn wir unten vor der Tür stehen und nichts mitbekommen«, wende ich ein.

Billy stimmt mir zu. »Hast du eine bessere Idee?«

»Wir müssten auf dieselbe Höhe gegenüber, damit wir in seine Fenster schauen können. Mithilfe eines Richtmikrofons oder einer Wanze, die wir bei ihm einbauen, könnten wir ihn rundum überwachen.«

Naomi startet das Wohnmobil und fährt los. Dabei

ruft sie zu mir nach hinten: »Du hast doch gehört, was Charles gesagt hat. Wenn wir ihn vom Dach aus observieren, dann könnte er uns sehen.«

»Wir könnten uns ein Hotelzimmer mieten und ihn von dort aus observieren«, schlage ich vor.

Während wir uns nun schon im Straßenverkehr befinden, setzt Billy sich auf den Beifahrersitz. Ich bleibe hinten am Tisch, was Naomi diesmal nicht weiter zu stören scheint.

»Das wird aber schwierig, weil wir als Kinder kein Hotelzimmer mieten können«, gibt Billy zu Bedenken.

»Und der Prof ist seit gestern im Ausland«, ergänzt Naomi. »Bis übermorgen. Das dauert zu lange.«

»Fällt das Hotel also weg«, stellt Billy fest.

Doch ich widerspreche. »Es gibt noch andere Erwachsene, die das Zimmer für uns mieten könnten.«

Billy und Naomi schauen mich verwundert an. Naomi muss aufpassen, dass sie dabei nicht vergisst, auf den Straßenverkehr zu achten.

Niemand weiß von unserer Existenz. Die YOUNG AGENTS gibt's offiziell gar nicht. Welcher Erwachsene sollte da … fragen mich stumm ihre Gesichter.

»Abenas Eltern!«, antworte ich, woraufhin die beiden mich noch erstaunter anglotzen.

Billy öffnet langsam den Mund, als wollte er etwas sagen, doch dann schließt er ihn wieder.

Naomi muss sich gerade auf den Verkehr konzentrieren. Doch sie schafft es, gleichzeitig zu fragen: »Du meinst, sie mieten als Familie das Zimmer, und Abena übernimmt dann die Observation? Dazu müsste Abena erst mal wieder auftauchen.«

»Ja«, bestätige ich. »Sie mieten es als Familie, aber nicht mit Abena, sondern mit dir!«

Vor Überraschung reißt Naomi kurz versehentlich das Lenkrad herum. Das Wohnmobil macht einen Schlenker. Billy hält sich am Griff fest, ich am Tisch. Doch dann hat Naomi in die Spur zurückgefunden.

»Ich?«, quiekt Naomi auf. »Wieso denn ich?«

»Dreimal darfst du raten«, entgegne ich. »Abena ist gerade nicht da. Und ihre Eltern sind Ghanaer. Das würde wohl ein bisschen auffallen, wenn die einen Weißen wie mich oder Billy als ihren Sohn ausgeben. Du dagegen wirst neben ihnen nicht weiter auffallen.«

»Ja«, raunt Naomi mir zu. »Das war mir schon klar. Ich meinte eigentlich, wieso wir nicht auf Abena warten und …«

»Wir wissen doch gar nicht, wann sie sich wieder meldet. Außerdem wohnt sie derzeit bei Shiona. Das ist ein großer Vorteil für uns. Da sollten wir sie nicht abziehen«, unterstützt Billy meinen Vorschlag.

Kurz bevor wir am Hotel in der HafenCity ankommen, ist es beschlossene Sache.

Naomi greift zum Handy und ruft Abenas Eltern an.

GEHEIMES TREFFEN

Während der Fahrt greift Shiona zum Handy.

»Hallo? Ich bin's. Hat alles geklappt. In einer halben Stunde im Verein. Sag allen Bescheid.«

Dann legt sie wieder auf.

»Mit wem hast du gesprochen?«, wage ich zu fragen.

Keine Ahnung, ob Shiona mir so weit vertraut, es mir zu erzählen. Doch es scheint so zu sein.

Auch wenn sie nur antwortet: »Wirst du gleich sehen.«

Wir fahren weiter in der Limousine ohne Fahrer quer durch die Stadt. Ich habe ein äußerst mulmiges Gefühl dabei. Auffälliger geht's nicht, finde ich. Wenn andere Autofahrer uns überholen oder an der Ampel neben uns stehen, sehen die doch, dass wir keinen Fahrer haben!

Vielleicht aber sind unsere Scheiben von außen gar nicht einsehbar? Wäre möglich. Von innen kann ich das nicht erkennen. Jedenfalls fahren wir unbehelligt durch die Stadt. Shiona ist immer noch bester Laune, und ich bin gespannt, was mich gleich erwartet. Zudem fühle ich mich unwohl, weil ich nichts bei mir habe. Weder mein Agentenhandy noch meinen Rucksack noch sonst irgendetwas. Nicht mal meine eigene Kleidung habe ich an, sondern geliehene von Shiona, die mir nicht richtig passt. Aber was soll's? Eine gute Agentin muss auch mit widrigen Bedingungen klarkommen. Soweit ich es bisher zu erkennen glaube, fahren wir Richtung Hafen.

Ein paar Minuten später, während Shiona sich ihr zweites Glas Champagner einschenkt, sehe ich, dass meine Vermutung stimmt. Wir fahren direkt in die HafenCity und halten vor einem Wohnhaus. Ich sehe mich um und – auf der anderen Straßenseite vor einem Hotel steht ein Wohnmobil! Das könnte Zufall sein, obwohl es mir ein bisschen seltsam vorkommt, dass ein Wohnmobil vor einem Hotel parkt. Reist man nicht gerade deshalb mit einem Wohnmobil, weil man *nicht* in einem Hotel übernachten will? Okay, vielleicht ist in dem Campingwagen etwas kaputtgegangen, und die Urlauber müssen kurzfristig ein, zwei Nächte im Hotel überbrücken. Andererseits hat der Campingwagen ein Hamburger Kennzeichen. Es könnte also *unser* Wohnmobil sein. Naomi hat mir ja am Telefon erzählt, dass sie Shionas Haus aus einem Wohnmobil heraus überwachen. Ich habe es aber nicht gesehen, weiß nicht, wie es aussieht.

Naomi und Billy haben die Villa überwacht. Das ergibt im Moment erst mal keinen Sinn mehr, weil die Polizei dort war und Shiona vermutlich nicht so bald hierhin zurückkehren wird. Was aber wollen die dann hier? Komme ich jetzt zu einem Ort und zu einem Treffen, von dem Naomi und die anderen schon wissen? Wenn es nur eine Möglichkeit gäbe, mich mit ihnen zu verständigen!

»Was ist?« Shiona reißt mich mit ihrer Frage aus meinen Gedanken. »Aussteigen, wir sind da!«

»Äh, klar«, sage ich.

Shiona steigt rechts, also zur Hausseite, aus, ich links zur Straßenseite.

Mein Blick fällt entsprechend immer noch auf die gegenüberliegende Seite, zum Wohnmobil, zum Hotel, zum ... Was ist das denn? Dort drüben, vor dem Eingang des Hotels, stehen ... meine Eltern! Du meine Güte! Was machen die denn hier? Und hoffentlich entdecken sie mich nicht und rufen hier hinüber. Ich wüsste nicht, wie ich es Shiona erklären sollte. Und ich könnte es auch gar nicht, denn ich weiß es ja selbst nicht.

Ich drehe also schnell meinen Kopf weg ... oder besser gesagt: Ich wollte ihn gerade wegdrehen, da sehe ich, wie Naomi aus dem Wohnmobil steigt und – auf meine Eltern zuläuft!

Himmel, was ist hier los?

Shiona kennt Naomi! Wenn sie die jetzt entdeckt, wird sie erst recht nachfragen. Das darf nicht passieren! Wieso kommt Naomi auch ausgerechnet jetzt aus dem Wohnmobil herausgerannt? Ich denke, die observieren die Straße? Weshalb wären sie sonst hier? Dann müssen sie doch Shiona und mich längst gesehen haben? Ich drehe mich schnell um zu Shiona, die glücklicherweise gerade damit beschäftigt ist, irgendjemandem eine Nachricht mit dem Smartphone zu schreiben. Sie ist also abgelenkt und schaut nicht rüber. Das muss so bleiben.

Schnell laufe ich um unseren Wagen herum zu Shiona und stelle mich genau zwischen sie und das Haus. Wenn sie jetzt gleich hochschaut, um mit mir zu sprechen, sieht sie mich an und nicht rüber zur anderen Seite. Ich hingegen habe über Shionas Schulter hinweg die ganze Zeit den Blick nach drüben.

»Wem schreibst du da?«, frage ich.

»Nur, dass wir angekommen sind«, antwortet Shiona.

Sie steckt ihr Handy ein, und ich sehe, wie auf der anderen Straßenseite meine Eltern und Naomi ins Hotel hineingehen.

»Hier?«, frage ich Shiona, um sie weiter abzulenken, und zeige auf den Hauseingang hinter mir.

»Genau«, bestätigt Shiona und geht voran.

Ich schaue noch einmal unauffällig hinüber zur anderen Straßenseite. Naomi und meine Eltern sind nicht mehr zu sehen. Das Wohnmobil parkt dort noch immer unscheinbar.

In unserem Hauseingang öffnet sich die Tür, ohne dass Shiona irgendwo geläutet hätte. Deshalb wohl ihre Handynachricht. Wir betreten das Treppenhaus, Shiona ruft den Fahrstuhl, und wir fahren hinauf in die oberste Etage.

Als sich oben die Fahrstuhltür öffnet, empfängt uns der Gorilla. Hinter ihm eröffnet sich uns ein riesiger Raum mit offener Küchenzeile und einem großen Konferenztisch mit zehn Stühlen rundherum. Die Wände sind zu zwei Seiten fast vollständig verglast. Ein wenig fühle ich mich wie in einem Aquarium, nur ohne Wasser. Durch die riesige Fensterfront direkt vor mir habe ich freien Blick aufs Hotel gegenüber. Und ich ahne, weshalb Naomi dort hineingegangen ist. Offenbar wollen sie aus einem Zimmer heraus diese Versammlung hier beobachten. Und meine Eltern? Die haben offenbar die Aufgabe übernommen, das Zimmer zu buchen, weil Naomi und Billy als Kinder das nicht können und der Prof wohl gerade anderweitig beschäftigt ist. Allmählich setzt sich für mich alles wie ein Puzzle zu einem sinnvollen Gesamtbild zusammen. Nur: Welche Versammlung findet hier statt? Und wie haben Naomi und Billy von ihr erfahren?

Shiona setzt sich an die Stirnseite des Konferenztisches und gibt mir ein Zeichen, dass ich mich an die Längsseite, aber direkt links neben sie setzen soll.

Auf dem Tisch steht eine Reihe von kleinen Flaschen mit Sprudel, Säften und Cola – aufgeteilt in drei Grüppchen, die sich über die Länge des Tisches verteilen. Vor jedem Platz stehen Trinkgläser bereit. Alles ist auf eine Konferenz vorbereitet. Nur an Shionas Platz steht noch zusätzlich ein Sektglas. Nachdem Shiona sich gesetzt hat, kommt der Gorilla mit einer Flasche Champagner und schenkt ihr ein. Das Ganze erinnert mich ein bisschen an unseren Esstisch im Gefängnis. Auch dort war alles auf Shiona ausgerichtet; niemand durfte sich setzen, bevor nicht Shiona Platz genommen hatte.

»Wer kommt denn noch?«, frage ich.

Shiona prostet mir zu. »Nimm dir gern ein Wasser, wenn du möchtest.«

Ich beuge mich weit über den Tisch, um mir eine Flasche zu greifen.

Während Shiona fortsetzt: »Unsere Gäste sind schon da.«

Sie gibt dem Gorilla ein Zeichen. Der öffnet die Tür zu dem einzigen Nebenzimmer. Und herein kommen acht Jugendliche beziehungsweise junge Erwachsene, die ich zuvor noch nie gesehen habe. Sechs Jungs und zwei Mädchen, nach meiner Einschätzung alle zwischen vielleicht 15 und 19 Jahre alt.

Einer nach dem anderen grüßt Shiona höflich und respektvoll mit angedeutetem Diener, dann setzen sie sich alle rund um den Tisch, wobei jeder seinen Platz zu kennen scheint.

»Das hier ist Abena. Ihr wisst schon, unsere Spionin in Amis Bande. Die aber leider auch erwischt wurde und mit mir aus dem Knast geflohen ist.«

Die acht jungen Leute spenden mir Beifall, indem sie auf den Tisch klopfen.

»Ich spare es mir, dir jetzt alle namentlich vorzustellen«, erklärt Shiona mir. »Nachdem mein Vater und ein Großteil seiner engsten Vertrauten im Gefängnis sitzen, ist dies hier unsere kommissarische Führungsriege. Wir leiten die Geschäfte, bis mein Vater wieder draußen ist. Er wird ja bald freigesprochen.«

Gelächter in der Runde. Offenbar scheinen alle von der Entführung der Richter-Tochter zu wissen. Nur ich muss so tun, als hätte ich keine Ahnung.

Die Jugendlichen schenken sich Cola ein. Der Gorilla bringt noch ein Gefäß mit Eiswürfeln und einen Teller mit Zitronenscheiben.

Shiona erhebt ihr Sektglas, das schon wieder halb leer ist, und ruft aus: »Auf den Freispruch!«

»Auf den Freispruch!«, wiederholen die Anwesenden.

Sie stoßen an und trinken. Ich mache mit.

»Also«, setzt Shiona danach an. »Wie geht es dem Mädchen?«

Mir stockt der Atem. Reden die hier jetzt ernsthaft über Sophie, die entführte Tochter des Richters, nach der wir so verzweifelt suchen? Habe ich jetzt die Möglichkeit, zu erfahren, wo sie versteckt ist, und kann sie retten? So leicht? Ich merke, wie ich vor Aufregung schweißnasse Hände bekomme. Das muss Shiona nicht unbedingt mitkriegen. Unauffällig nehme ich die Hände vom Tisch und wische mir die Handflächen an meinen Hosenbeinen trocken.

Hinzu kommt, dass vor mir nun wirklich die neue Führungsriege von Maffeis Bande sitzt, zumindest der Einbruchsbande. Maffei und der Boss sind ja in zahlreiche Verbrechen verwickelt. Und wir nehmen an, dass Maffeis Mafia-Clan wie ein großes Unternehmen in verschiedene »Abteilungen« eingeteilt ist. Die älteren YOUNG AGENTS hatten gegen Maffei ja schon ermittelt. Wegen illegalen Waffenschmuggels, illegaler Müllentsorgung und illegalen Elektronikschrott-Verkaufs. Verschiedene Polizeieinheiten sind zudem an seinem Clan dran wegen verbotenen Glückspiels, Drogenhandels, Prostitution und, und, und. Möglicherweise sind viele von diesen Aktivitäten aber zur Zeit lahmgelegt, weil der Boss, Maffei und einige andere führende Verbrecher im Gefängnis sitzen. Und das muss auch so bleiben.

Shiona aber baut den Einbruchsclan offenbar neu auf. Vielleicht also bleibt diese Führungsriege sogar weiter im Amt, selbst wenn Maffei freigesprochen werden sollte. Und: Wenn wir Glück haben, dann ist diese »feine Runde« auch maßgeblich verantwortlich für die Entführung von der Richter-Tochter Sophie. Uns bleibt nicht mehr viel Zeit.

Am liebsten würde ich jetzt natürlich nachbohren und diese Runde hier zum Reden bringen, damit sie mir erzählen, wo Sophie versteckt ist. Aber offiziell weiß ich ja gar nichts von dem entführten Mädchen. In der Presse stand nichts, und Shiona hat mir noch nichts davon erzählt. Also muss ich versuchen, zwischen den Zeilen wichtige Informationen herauszuhören.

Einer der jungen Männer meldet sich zu Wort, um auf Shionas Frage zu antworten. Tatsächlich meldet er sich wie in der Schule und wartet brav, bis Shiona ihn drannimmt. Bevor sie das tut, trinkt sie aber ihren Champagner aus, hält das leere Glas am ausgestreckten Arm in die Luft und wartet, bis der Gorilla heraneilt und ihr nachschenkt.

Wirklich wie im Gefängnis, schießt es mir durch den Kopf. Shiona hat etliche Rituale eingeführt, um in jeder Sekunde deutlich zu machen, welche Macht sie hat und dass sie die Chefin ist und niemand anderes.

Shiona bedankt sich nicht fürs Einschenken, sondern stellt ihr nun volles Glas auf den Tisch und gibt dem jungen Mann das Zeichen, dass er sprechen darf.

»Dem Mädchen geht es gut«, antwortet er.

Shiona wartet noch. Der junge Mann sagt aber nichts mehr.

»Geht's vielleicht noch knapper?«, schnauzt Shiona ihn nun an. »Ich will einen Lagebericht, du Holzkopf!«

Der junge Mann räuspert sich, setzt sich gerade hin und beginnt von Neuem: »Dem Mädchen geht es gut. Es ist gesund. Weint nur noch selten. Ich habe ihr etwas Spielzeug gebracht. Dreimal am Tag bekommt sie etwas zu essen. Cola steht immer da.«

»Cola?« Shiona springt auf. »Du gibst ihr Cola zu trinken?

Der junge Mann läuft rot an. »Die wollte sie, das schmeckt ihr.«

»Bist du bekloppt?«, schimpft Shiona weiter. »Das Mädchen ist acht Jahre alt! Cola ist Koffein. Du sollst auf das Mädchen aufpassen und es nicht vergiften!«

Der junge Mann sackt auf seinem Stuhl zu einem Häufchen Elend zusammen.

»Wie kann man denn so blöd sein?«, wettert Shiona weiter. »Besorg ihr etwas anderes. Apfelschorle oder so. Aber gut. Nachher fährt Robert raus zum Mädchen, schaut nach dem Rechten und bringt ein frisches Lebenszeichen mit.«

Ich schaue mich am Tisch um. Wer ist Robert? Keiner der Anwesenden zeigt irgendeine Reaktion. Doch dann tritt der Gorilla etwas näher an den Tisch heran und brummt mit seiner tiefen Stimme: »In Ordnung!«

Dann dreht er sich wieder um und geht, um Getränkenachschub aus der Küche zu holen.

Der Gorilla heißt Robert? Das wussten wir bisher nicht.

Selbst für den Geheimdienst ist er ein unbeschriebenes Blatt. Gut wäre noch, seinen Nachnamen herauszubekommen.

»Das Mädchen kennt Robert nicht«, wirft der Typ ein, der bisher für die Betreuung des Mädchens verantwortlich war. »Ich meine, bei seiner Erscheinung …?«

Er deutet mit einem Kopfnicken auf die Küche, in der der Gorilla gerade beschäftigt ist.

Ich finde, der Typ hat recht. Der Gorilla kann einem kleinen Kind allein durch sein Äußeres Angst machen. Ein riesiger Typ, kräftig, kurz geraspeltes Haar, Muskeln wie ein Wrestling-Kämpfer, Tätowierungen teilweise sogar am Hals und meistens einen grimmigen bis bösartigen Gesichtsausdruck. Würde man eine Besetzung für einen angsteinflößenden Kriminellen im Film suchen, der Gorilla würde bestimmt sofort genommen.

»Das kann ich doch machen, mit dem Lebenszeichen«, bettelt der Typ.

Shiona schaut ihn scharf an. »Mit Cola?«, giftet sie. »Ich will, dass ein Zweiter nachsieht, ob es dem Mädchen gut geht.«

Der Typ schaut beleidigt, sagt aber nichts weiter.

Ich sehe, dass Shiona dennoch kurz über seinen Einwand nachdenkt, den Gorilla zu schicken, und erkenne meine Chance, Einfluss zu nehmen.

»Wie wäre es mit Tim?«, werfe ich ein. Ich sage das recht leise zu Shiona, nicht laut als Vorschlag in die ganze Runde.

Shiona wendet sich zu mir, indem sie sich sogar leicht mit dem Körper zu mir vorbeugt.

Die anderen in der Runde beäugen uns neugierig und argwöhnisch.

»Was ist mit Tim?«, fragt Shiona.

»Na ja, ich gebe zu, ich weiß gar nicht, worum es geht«, betone ich vorsichtig. »Aber wenn ihr ein achtjähriges Mädchen… *betreuen* müsst…« Bewusst vermeide ich Begriffe wie *bewachen* oder Ähnliches, sondern tue erst einmal so unschuldig, als hätte ich immer noch nicht mitbekommen, dass es sich um ein entführtes und gefangenes Kind handelt. »…wäre Tim dann nicht ideal, um Robert zu begleiten? Er ist selbst erst elf. Das Mädchen wird schnell Vertrauen zu ihm fassen. Tim ist gleichzeitig schon ein ausgebuffter Dieb. Und er ist auf unsere Seite gewechselt. Gleichzeitig ist er unter Aufsicht von Robert. Wäre doch eine gute Gelegenheit für Tim, sich zu beweisen und sich dein Vertrauen zu verdienen, oder?«

Shiona schaut mich an, zieht eine Augenbraue hoch, denkt einen Moment nach. Dann legt sich ein zufriedenes Grinsen über ihr Gesicht.

»Gute Idee, Abena. Das muss ich dir lassen. Wirklich gut!« Dann beugt sie sich noch näher zu mir herüber und flüstert mir zu: »Und gleich erzähle ich dir genauer, worum es geht. Ist eine krasse Sache.«

Dann setzt sie sich wieder gerade auf, blickt streng in die Tischrunde und verkündet: »Seht her, Abena denkt mit und hat eine fantastische Idee. Wieso eigentlich arbeite ich mit solchen Hohlbirnen wie euch zusammen? Und nicht nur mit Leuten wie Abena?« Sie schlägt mit der flachen Hand auf die Tischplatte. »So machen wir es. Abena, ruf Tim hierher. Wir anderen kommen zu den Bilanzen.«

»Öh…«, werfe ich ein. »Ich weiß doch noch gar nicht, worum es geht. Wenn ich Tim anrufen soll, müsstest du es mir jetzt…«

»Okay!«, ruft Shiona. »Kurze Pause. Alle raus. In fünf Minuten geht's weiter.«

Kein Nachfragen. Kein Geraune. Alle stehen auf und verlassen unverzüglich den Raum.

Shiona wartet, bis alle draußen und die Türen geschlossen sind.

Dann nippt sie wieder an ihrem Champagner, schaut mich an, als hätte sie soeben den Plan entwickelt, in die Bank von England einzubrechen oder so, und sagt: »Hast du schon mal jemanden entführt?«

»Einen Menschen?«, frage ich.

Shiona lacht laut auf. »Wen denn sonst? Einen Dackel? Natürlich einen Menschen. Ein Mädchen!«

»Du meinst…« Ich biete all meine schauspielerischen Fähigkeiten auf, um vorzutäuschen, ich würde das erste Mal davon hören. »… das achtjährige Mädchen?«

»Krass, oder?«

»Ehrlich gesagt finde ich das ziemlich fies. Sich an Kindern zu vergreifen, geht gar nicht«, erwidere ich.

»Hallo?« antwortet Shiona empört. »Du hast doch gerade mitbekommen, wie ich mich um sie kümmere! Ihr geht es gut, es fehlt ihr an nichts! Aber sie ist nun mal die Tochter des Richters!«

»Der…«, stoße ich an, damit Shiona weitererzählt.

»Ja, klar!«, springt sie sofort drauf an. »Der meinen Vater freisprechen wird, solange wir seine Tochter haben.«

»Und wenn er das nicht tut?«, wage ich zu fragen. Wie weit würde Shiona gehen?

Doch Shiona weicht aus. Und behauptet: »Das wird er. Da kannst du sicher sein!«

Bevor ich irgendetwas nachfragen oder weiter äußern kann, steckt Shiona zwei Finger in den Mund und stößt einen grellen Pfiff aus.

Sofort gehen die Türen auf, und die Jungs kommen wieder herein.

»Also, alles klar? Ruf Tim an«, befiehlt Shiona mir.

»Ich hab kein Handy!«, werfe ich ein.

»Nein?«, fragt Shiona verwundert. »Ich hab dir doch eines gegeben.«

»Das sollte ich doch gleich vernichten«, antworte ich.

Shiona grinst wieder. »Stimmt.«

Dann ruft sie Robert, der mich zu sich in die Küche winkt.

Ich gehe zu ihm.

Robert zieht ein neues Kartenhandy aus einer Schublade und überreicht es mir wortlos.

»Wann soll es losgehen?«, frage ich.

»Halbe Stunde!«, brummt der Gorilla.

»Oh, ich weiß nicht, ob …« Ob Tim so schnell herkommen kann, wollte ich einwenden.

Doch der Gorilla hört schon gar nicht mehr zu. Er scheint nicht sonderlich begeistert zu sein, dass er einen Begleiter an die Seite bekommt, und so sieht er die »halbe Stunde« bis zur Abfahrt als eisernes Gesetz. Unverhandelbar.

Ich wähle also Tim an.

DAS VERSTECK DES MÄDCHENS

Naomi meldet sich bei uns: »Alles in Ordnung. Abenas Eltern haben mit mir im Hotel eingecheckt. Ich habe von hier aus dem Fenster einen guten Blick. Wäre toll, wenn von euch gleich noch einer hier heraufkäme. Tim, du?«

»Geht das denn?«, fragt Billy nach, mit dem zusammen ich immer noch unten im Wohnmobil sitze.

»Abenas Eltern gehen gleich, und sie sagen an der Rezeption Bescheid, dass ihre ›Tochter‹, also ich, gleich Besuch von einem E-Mail-Freund bekommt, also von dir, Tim«, erklärt Naomi.

»E-Mail-Freund?«, frage ich. Ich kann mir darunter nichts vorstellen.

»Abenas Eltern haben beim Einchecken natürlich ihre Adresse aus Ghana eingegeben«, erläutert Naomi. »Denn warum sollte jemand mit Wohnsitz in Hamburg mit seiner Familie in Hamburg in ein Hotel gehen?«

»Stimmt auch wieder«, muss ich zugeben.

»Also, ich komme angeblich aus Ghana, bin mit meinen Eltern auf Reisen und treffe meinen Brieffreund, den ich bisher nur durch E-Mails kenne. Alles klar, Tim?«

Naomi unterbricht sich selbst. »Oh, warte mal!«

»Ja, natürlich«, antworte ich. »Wir warten hier ja sowieso.«

»Abenas Eltern wollten eigentlich erst in einer halben Stunde oder so wieder gehen«, berichtet Naomi. »Aber ich sehe gerade, dass dort drüben eine Sitzung beginnt. Ich kann das durchs Fernglas genau erkennen. Shiona sitzt an der Stirnseite eines großen Tisches, daneben sitzt Abena. Und jetzt… kommen da einige Männer und Frauen… jung sind die… eigentlich eher Jugendliche. Sie setzen sich um den Tisch herum. Da geht gleich eine Konferenz los. Mist, dass wir es nicht verwanzt haben. Aber Abena sitzt ja dabei. Am besten, du kommst SOFORT hoch, Tim!«

»Okay!« Ich flitze aus dem Wohnmobil, laufe ins Hotel, melde mich kurz in der Rezeption, so wie Naomi es mir eben aufgetragen hat. Dann rauf ins Zimmer, dort Abenas Eltern begrüßen, was ich ehrlich gesagt nicht so toll finde. Nicht, dass ich ihren Eltern nicht trauen würde. Im Gegenteil, in Bezug auf unsere Agententätigkeit traue ich denen mehr als zum Beispiel Billys Eltern oder meinen neuen Pflegeeltern. Aber allmählich wissen zu viele Leute von uns, finde ich. Klar, an unseren Eltern können wir nicht vorbei. Die müssen alle eingeweiht sein.

Trotzdem brauchen die Eltern ja nicht jeden von uns einzeln zu kennen! Aber gut, es lässt sich jetzt wohl nicht ändern. Abenas Eltern gehen auch schnell, und ich setze mich neben Naomi, um drüben Shionas Sitzung im anderen Gebäude zu beobachten.

Nach einer gewissen Zeit sehen wir, wie Abena aufsteht und in die Küche geht und …

Auf einmal klingelt mein Smartphone.

Ich nehme ab, Abena ist dran.

»Wir haben einen Auftrag für dich«, sagt sie. Du sollst in einer halben Stunde in die HafenCity kommen. Schaffst du das?«

»Kann jemand mithören?«, frage ich.

»Geht so. Nein, eigentlich nicht.«

»Sie kann nicht frei sprechen«, informiert Naomi mich, die die ganze Szene in der Wohnung drüben noch immer durchs Fernglas im Blick hat. »Sie steht am Eingang zur Küche. Die anderen von der Sitzung können mithören, und in der Küche hinter ihr steht noch der Gorilla.«

»Wir sind gegenüber, können dich sehen«, sage ich zu Abena. »Aber was für einen Auftrag?«

»Shiona will dich sehen«, sagt Abena. »Es geht um … die Betreuung … eines Mädchens. Sophie heißt sie.« Abena räuspert sich.

»Ich verstehe«, sage ich durchs Telefon zu Abena.

»Wir sind im Bilde, wenn du weißt, was ich meine.«

»Ja«, antwortet Abena. »Ich verstehe. Beeil dich, wir

brauchen dich schnell. Du kannst doch gut mit Kindern umgehen, oder? Hast du nicht sogar eine kleine Schwester, mit der du dich immer verstanden hast? Jedenfalls geht es nur darum, dass du bei dem Mädchen nach dem Rechten siehst.«

Ich begreife sofort, dass ich auf diese Frage nicht antworten muss. Abena weiß, dass ich keine Schwester habe. »Okay, ich verstehe«, sage ich. »Ein guter Plan.«

Und damit meine ich natürlich nicht den von Shiona, sondern Abenas, mich mit ins Spiel zu bringen.

»Ich gebe dir die Adresse durch. Also bis gleich!«, sagt Abena.

Auch das war nur ein Hinweis für Shiona. Ich brauche die Adresse nicht. Ich sehe sie ja.

Abena nennt mir Straße und Hausnummer des Hauses, das wir gerade überwachen, und beendet die Verbindung.

»Hast du das verstanden?«, fragt Naomi.

»Was?«, frage ich zurück. »Ich meine, das war doch eindeutig.«

»Die schicken einen Außenstehenden wie dich zu dem entführten Mädchen?«, fragt Naomi skeptisch nach. »Ist das eine Falle?«

»Nein«, widerspreche ich. »Das ist Abenas besonderes Talent, andere dazu zu bringen, Dinge zu tun, die für uns von Nutzen sind.«

Naomi nickt mir zu. »Ja, in so etwas ist Abena eine Meisterin. Das wissen wir ja alle.«

»Trotzdem: Wieso sollte Shiona mir vertrauen?«

»Vielleicht liegt gerade darin die meisterhafte Manipulation?«, mutmaßt Naomi. »Vielleicht hat Abena Shiona genau das vorgeschlagen: dich zu Sophie zu schicken, um deine Treue zu prüfen, die du unter Beweis stellen musst.«

»Das könnte sein«, stimme ich Naomi zu.

»Also los.« Naomi klatscht in die Hände. »In einer halben Stunde sollst du dort sein. Hat sie eigentlich deinen Hinweis verstanden, dass wir hier gegenüber im Hotelzimmer sitzen und unten im Wohnmobil die ganze Bande überwachen?«

»Klang so, als hätte sie das schon gewusst«, antworte ich.

Worauf Naomi sich wundert. »Wie das?«

Doch dann gibt sie sich die Antwort selbst. »Die muss unser Wohnmobil gesehen und erkannt haben, als sie ankam und ausstieg.«

»Vielleicht noch mehr. Vielleicht hat sie sogar zufällig gerade ihre Eltern gesehen, als sie das Hotel betraten. Zeitlich würde es in etwa hinkommen.«

»Du hast recht«, bestätigt Naomi.

»Also, wie gehen wir vor?«, frage ich.

»Ich bleibe hier und beobachte weiter die Wohnung. Du gehst wie verabredet rüber. Natürlich verkabeln wir dich vorher. Dann kann Billy mit dem Wohnmobil dranbleiben und Charles sich mit der Drohne dranhängen, wenn du zu Sophie gefahren wirst. Balu bleibt wie immer in unserer Agentenwohnung und koordiniert alles.«

Naomi und ich laufen hinunter zum Wohnmobil, sehen uns sicherheitshalber drei-, viermal um und scannen die Gegend ab, bevor wir in den Wagen einsteigen. Nur hier haben wir, was wir brauchen, um mich zu verkabeln. Oder besser gesagt, eben nicht zu verkabeln, weil alles kabellos läuft.

Naomi gibt mir eine spezielle Sportuhr, die fällt bei Kindern und Jugendlichen am wenigstens auf. Aber sie hat natürlich ein paar nette erweiterte Agentenfunktionen. Per GPS-Tracker bin ich nachverfolgbar. Mit leichtem Druck auf die Uhrkrone aktiviere ich das Aufnahmemikro. Das heißt, sowohl Balu in der Agentenwohnung als auch Billy im Wohnmobil und sogar auch Naomi im Hotelzimmer können mithören, was in meiner Nähe gesprochen wird. Und durch einen anderen Tastendruck kann ich eine als Kragenknopf in meinem Polo-Shirt getarnte Bodycam aktivieren, die alles filmt.

Wenn ich also jetzt gleich zu dem entführten Mädchen mitgenommen werde, können die YOUNG AGENTS exakt verfolgen, wo Sophie versteckt gehalten wird. Wir können über die Zentrale das SEK verständigen, und sie wird befreit.

Ich bin rechtzeitig fertig und gehe hinüber zu dem Gebäude, in dem Shiona mit ihrer Bande sitzt. Aber ich komme gar nicht erst hinein. Unten ist die Haustür verschlossen. Ich läute an der obersten Klingel, an der kein Name geschrieben steht. Ich warte, bis man mir per Summer öffnet. Aber da tut sich nichts. Stattdessen erhalte ich durch eine Sprechanlage den kurzen Befehl, dass ich warten solle.

Kurz darauf erscheint der Gorilla vor mir.

Ach du liebe Zeit. Damit habe ich ehrlich gesagt überhaupt nicht gerechnet. Ich war davon ausgegangen, dass Shiona persönlich mich zu dem Mädchen führt. Vielleicht sogar noch von Abena begleitet, was für uns YOUNG AGENTS natürlich am besten gewesen wäre. Oder wenigstens hätte ich einen der anderen Teilnehmer der Besprechung erwartet, aber niemals den Gorilla!

Obwohl das eigentlich dumm von mir war. Der Gorilla ist doch für alle möglichen Handlangerdienste für Maffei oder seine Tochter zuständig.

Trotzdem ist es für mich eine äußerst blöde Situation, in die ich da hineingeraten bin.

Der Gorilla sagt nichts, schaut mich nur grimmig an. Sein Blick sagt mir unmissverständlich: *Wenn es nach mir ginge, wärst du jetzt nicht hier, sondern dort, wo du hingehörst.* Und das wäre nach Auffassung des Gorillas bestimmt noch immer das fensterlose Gefängnis, in das er mich gesperrt hatte.

Der Gorilla geht voran, und das heißt: wieder ins Haus zurück.

Ich eile hinterher, bevor sich die Haustür von selbst vor

meiner Nase schließt. Der Gorilla geht eine Treppe abwärts, das heißt: in den Keller, oder besser: in die Tiefgarage. Das hoffe ich jedenfalls.

Als er unten die Stahltür öffnet, bin ich erleichtert. Es ist wirklich eine Garage. Und da sehe ich auch schon den SUV, in dem ich mich verstecken wollte, als ich den Gorilla vor Kurzem verfolgte.

»Aber nicht wieder in den Kofferraum«, versuche ich zu scherzen, um die frostige Stimmung ein klein wenig aufzulockern.

Doch das Gesicht des Gorillas zieht sich noch mehr zusammen. Er ist absolut nicht zu Scherzen aufgelegt. Also klappe ich meinen Mund zu und trotte ihm hinterher.

Wortlos öffnet er den SUV. Wir steigen ein. Der Gorilla startet den Motor – und brettert mit quietschenden Reifen los. Er drückt das Gaspedal bis zum Anschlag durch. Auf dieser kurzen Strecke beschleunigt er, so schnell er kann. Wir rasen auf ein geschlossenes Garagentor zu, von dem ich nicht glaube, dass es sich noch rechtzeitig öffnen wird.

»BREEMMMMMSEEEEEN!«, brülle ich.

Doch rechtzeitig und verblüffend schnell öffnet sich das Garagentor. Wir düsen hinaus auf die Straße, in die der Gorilla mit quietschenden Reifen rechts einbiegt und weiterrast.

Ich atme tief durch, vergesse aber trotzdem nicht, einen kurzen Blick hinüber zum Wohnmobil zu wagen. Im Seitenspiegel sehe ich, wie sich Billy mit dem Wohnmobil langsam in Bewegung setzt. Aus den Augenwinkeln betrachte ich meine Sportuhr, die Billy den Weg weisen wird, und lege meine Hand so, dass Gorillas Seitenblick nicht direkt auf meine Uhr fällt. Ist mir lieber so. Ich muss ihn ja nicht gerade mit der Nase drauf stoßen, dass ich eine Multifunktionsuhr trage.

Ich werfe einen vorsichtigen Blick zu ihm hinüber, doch er starrt stur geradeaus auf die Straße, was mir wohl signalisieren soll: *Quatsch mich bloß nicht an!*

Ich weiß nicht, weshalb der Gorilla so verärgert darüber ist, dass ich ihn begleite. Ob es an mir liegt und er ausgerechnet mich nicht leiden kann? Oder stört es ihn generell, dass Shiona ihn nicht allein hat fahren lassen? Ich habe keine Ahnung und bin gespannt, ob ich es noch herausbekommen werde.

Natürlich liegt mir die Frage auf der Zunge, wo wir denn hinfahren. Aber da er mir darauf niemals antworten wird, spare ich mir auch die Frage. Schweigend sitze ich also auf dem Beifahrersitz und warte ab, wohin der Gorilla mich führen wird. Ob wir jetzt wirklich direkt zu dem Versteck des Mädchens fahren werden, wie es Shiona angewiesen hat? Irgendwie macht sich ein dumpfes Gefühl in mir breit, dass man dem Gorilla nicht trauen sollte. Dass er vielleicht durchaus manchmal sein eigenes Ding macht. Selbst dann, wenn es Shionas Plänen widerspricht. Vielleicht ist das der Grund, dass er so griesgrämig zu mir ist. Vielleicht störe ich ihn gerade bei etwas, das er vorgehabt hatte?

Säße Abena jetzt an meiner Stelle hier, die würde es bestimmt hinbekommen, dass der Gorilla anfängt zu quatschen, und den Grund für sein Verhalten erfahren.

Ich aber kann so etwas nicht. Und so schweige ich weiter und schaue gespannt, wo wir hinfahren. Bestimmt aus der Stadt hinaus, in ein einsames Waldgebiet oder so, wo das arme Mädchen irgendwo gefangen gehalten wird. Aber von der Richtung her fährt der Gorilla nicht stadtauswärts. Im Gegenteil. Eben tauchte ein Hinweisschild auf, dass wir Richtung TÜV fahren, und zum Verkehrsamt in Hamm, einem Mischstadtteil aus Wohn- und Industriegebiet.

Und tatsächlich. Wir biegen auf ein Fabrikgelände ein.

Ich schaue in den Seitenspiegel. Von Billy und dem Wohnmobil ist nichts zu sehen. Das ist aber eher gut so. Ich denke mal, er hat mich durch meine GPS-Sportuhr auf dem Schirm. Er, Naomi und Billy werden darauf warten, dass sie durch meine Knopfkamera erste Bilder von dem Mädchen sehen, um das SEK zu informieren und loszuschicken. Vermutlich kreist auch Charles schon in der Nähe mit seiner Drohne.

Der Gorilla stoppt den Wagen auf einem großen Vorplatz vor einem alten, leer stehenden Fabrikgebäude.

»Hui!«, sage ich. »Was war denn hier mal für eine Fabrik?«

»Geht dich nichts an«, brummt der Gorilla.

Na, immerhin hat er mit mir gesprochen. Das ist ja auch schon etwas.

Wir steigen aus, und ich sehe mich ausführlich um.

Ich schaue auf einen mit schmutzigen gelben Klinkern verkleideten, einstöckigen Kastenbau, dessen Fenster im Erdgeschoss vergittert sind, in der ersten Etage nicht.

»Hier gibt es nichts zu glotzen«, blafft der Gorilla mich an. »Vorwärts!«

Gerade will ich unauffällig die Taste auf meiner Sportuhr drücken, die meine Knopf-Cam aktiviert, damit die anderen YOUNG AGENTS live mit ansehen können, was ich jetzt sehe.

Doch in dem Moment packt mich der Gorilla fest am Arm. »Komm mit!«

Und will mich mit sich ziehen. Doch ich bin davon zu überrascht, bleibe noch stehen. Dadurch rutscht seine Hand an meinem Arm herunter bis zu meiner Sportuhr.

Er zieht meine Hand zu sich, betrachtet die Uhr an meinem Handgelenk.

»Schöne Sportuhr!«, sagt er.

Mist! Jetzt hat er sie doch entdeckt.

»Ja, hab ich zu Weihnachten bekommen«, antworte ich schnell.

Er bindet sie von meinem Arm los.

»Hey!«, beschwere ich mich. »Das ist meine Uhr!«

»Solche Dinger haben doch GPS, oder nicht?« Es ist

mehr eine Feststellung als eine Frage. Er wartet meine Antwort auch gar nicht ab, sondern fährt fort: »Das brauchen wir jetzt nicht.«

Er wirft die Uhr in weitem Bogen fort.

»Hey!«, beschwere ich mich nochmals.

Verdammt! Mein Bauchgefühl hat nicht getrogen. Irgendetwas führt der doch im Schilde! Sonst könnte ihm meine GPS-Uhr doch egal sein.

Ich unternehme einen letzten Versuch, meine Uhr zu retten.

»Spinnst du?«, pflaume ich ihn an. »Wir sollten wohl mal klarstellen, dass ich nicht dein Gefangener bin, sondern hier in Shionas Auftrag!«

»Schnauze!«, antwortet der Gorilla.

Dann schubst er mich voran.

Ich ahne, dass der Gorilla offenbar einen eigenen Plan verfolgt.

Und jetzt ist meine Uhr weg, ohne die die anderen YOUNG AGENTS mich nicht hören können. Und meine im Knopf versteckte Cam kann ich auch nicht aktivieren. Ich bin von den anderen abgeschnitten. Verdammt!

Zumindest müssten sie aber wissen, wo ich hier bin. Denn bis zu unserer Ankunft wurde das GPS ja noch übertragen.

Der Gorilla stampft voran zum leeren Gebäude, schließt die Tür auf und gibt mir zu verstehen, dass ich eintreten soll.

Hinter mir schließt er die Tür wieder ab.

Drinnen bin ich doch einigermaßen erstaunt. Ich hatte nun eine große, leere, aber schmutzige Lagerhalle erwartet. Doch ein Teil des Gebäudes wurde offenbar mal als Wohnung ausgebaut. Soweit ich es sehe, als wir weiter durch das Innere schreiten, gibt es hier alles: eine schicke Einbauküche, eine saubere, ebenfalls recht neue Toilette, ein großes Zimmer, das den Strom- und Antennenanschlüssen und dem Bodenbelag nach zu urteilen wohl sogar mal als Wohnzimmer gedient haben könnte, und – eine verschlossene Tür, die der Gorilla jetzt öffnet.

Ich spüre, wie mein Herz zu pochen beginnt vor Aufregung. Sollte sich hinter dieser Tür tatsächlich Sophie, die entführte Tochter des Richters befinden?

Wow! Im ersten Eindruck bin ich baff erstaunt. Ich habe ein kahles Zimmer erwartet, bestenfalls eingerichtet wie eine Zelle. Stattdessen sehe ich auf eine mit rosa Einhörnern tapezierte Wand, einen warmweichen Teppichboden. Staunend sehe ich mich um. Ich stehe mitten in einem voll eingerichteten Kinderzimmer! Ich muss nicht lange nachdenken, um zu erkennen: Das ist Shionas Werk. Offenbar hat sie im Auftrag ihres Vaters die Entführung des Mädchens veranlasst, zuvor aber dafür gesorgt, dass es eine vernünftige, kindgerechte Unterbringung erhält. Ich muss zugeben, das Mädchen wird hier zwar gefangen gehalten, aber unter Bedingungen, wie ich sie mir damals im Heim nicht einmal erträumt hätte.

Sophie sitzt auf einem rosafarben bezogenen Bett (auch daran erkennt man Shionas Handschrift) und kämmt eine Puppe.

Ansonsten gibt es noch eine Kiste mit Spielzeug und – ein Töpfchen, das sich der Gorilla jetzt greift, um es zu entleeren. Sicher geht auch Sophie als achtjähriges Mädchen nicht mehr aufs Töpfchen, aber sie ist in diesem Raum eingeschlossen. Da gibt es keine andere Möglichkeit, wenn sie mal muss.

Der Gorilla zwängt sich mit dem vollen Töpfchen an mir vorbei und geht zur Toilette.

Ich gehe derweil langsam und sanft auf Sophie zu.

»Hallo, Sophie«, begrüße ich sie leise und behutsam. Ich muss jetzt jedes Wort mit Bedacht wählen, falls der Gorilla mich hört. Aber den Namen hat Abena mir offiziell am Telefon verraten. »Ich bin Tim. Wie geht es dir?«

»Hallo«, grüßt sie höflich zurück, fügt dann aber sogleich an: »Gehörst du auch zu den Bösen?«

Ich stutze überrascht und frage nach: »Zu den Bösen? Wie kommst du darauf? Wer sind denn die Bösen?«

Unbewusst greife ich zu einem Kuscheltuch, das neben ihr liegt.

Sophie entreißt es mir sofort wieder. »Das gehört Julia!«

»Julia?«, frage ich.

Sophie zeigt auf ihre Puppe, unterbricht aber das Kämmen und schaut mich mit skeptischem Blick an, als wollte sie sich vergewissern, ob ich die Frage nach den Bösen ernst meine.

»Ich bin hier eingesperrt«, erklärt sie. »Weißt du das etwa nicht?«

»Äh …«, stottere ich vor lauter Verblüffung.

»Oder bringst du das Lösegeld?«, hakt sie nach.

»Lösegeld?«, wiederhole ich immer noch verdattert. »Wie kommst du denn auf Lösegeld?«

»Ich habe ein paar Bücher zu Hause«, antwortet Sophie ernst. »Kinderkrimis. Ich weiß, dass die Geschichten darin erfunden sind. Aber in denen fordern die Bösen auch manchmal Lösegeld. Stimmt das nicht in echt?«

»Ich weiß nicht genau«, versuche ich mich um eine Antwort zu drücken. »Weißt du, ich bin nur hier, um mal nachzusehen, ob es dir auch wirklich gutg…«

Doch da steht der Gorilla plötzlich hinter mir.

»Schnauze! Genug palavert. Mitkommen!«

»Mitkommen?«, frage ich. »Wieso? Wohin?«

Mehr kann ich nicht fragen.

Der Gorilla drückt mir urplötzlich ein weißes Tuch ins Gesicht, presst das Tuch auf meine Nase. Es riecht scheußlich. Wie … beim Zahnarzt oder so.

Und dann wird mir schwarz vor Augen.

VON DER BILDFLÄCHE VERSCHWUNDEN

Nachdem ich Tim im Auftrag von Shiona hierherbeordert habe, habe ich nichts mehr von ihm gehört. Nach meinem Telefonat mit ihm bin ich zur Sitzung zurückgekehrt und habe mich auf meinen Platz neben Shiona gesetzt. Denn neben der Entführung des Mädchens ist für uns YOUNG AGENTS natürlich auch wichtig zu wissen, wie Shiona den Erhalt und Aufbau des Maffei-Clans organisiert. Vor allem ist sie zuständig für den Bereich Einbruchskriminalität. Fast wie so eine Art Abteilungsleiterin. Um den Rest werden sich ihr Vater und der »Boss« weiter kümmern, wenn sie erst wieder aus dem Gefängnis draußen sind. Niemand am Tisch zweifelt daran, dass dies nach dem entscheidenden Gerichtstermin der Fall sein wird. Sie haben das Mädchen, also wird der Richter die beiden freisprechen. Weder Shiona noch jemand anders am Tisch ahnt, dass wir diesem Plan gerade einen Strich durch die Rechnung machen. Shiona selbst hat ihre Niederlage eingeleitet, indem sie meinem Vorschlag folgte und Tim zu dem

Mädchen geschickt hat. Mit Sicherheit wurde Tim mit GPS-Sender ausgestattet, sodass wir jetzt den Aufenthaltsort des Mädchens herausbekommen, das SEK informieren und dem Spuk der Entführung ein Ende setzen können.

Da Shiona und ihre Bande davon aber nichts ahnen und sich völlig siegessicher fühlen, ist der nächste Tagesordnungspunkt der kleinen Konferenz tatsächlich die Ausrichtung einer Willkommensparty für Shionas Vater nach seiner Freilassung. Unglaublich!

Das Blödeste daran ist, dass ich dieser Besprechung auch noch beiwohnen muss, statt mit den anderen zusammen das Versteck aufspüren und Sophie befreien zu können. Ich werde richtig unruhig, wenn ich daran denke.

Doch meine Erlösung kommt früher, als ich gehofft hatte. Denn nachdem die wichtigsten Eckpunkte der Willkommensparty geklärt sind, wendet sich Shiona plötzlich mitten in der Diskussion an mich und sagt: »Weißt du, jetzt haben wir nur noch Langweiliges auf dem Zettel. Du kannst eigentlich schon gehen.«

Das heißt natürlich nichts anderes als: *So sehr vertraue ich dir doch noch nicht. Hau ab!*

Denn es steht durchaus noch Wichtiges auf der Tagesordnung, wie vorhin jemand beiläufig bemerkte. Erstens: Die sogenannten »Bilanzen«. Das heißt wohl, die einzelnen Teilnehmer müssen berichten und genau aufzählen, wie viel in Euro sie in der Zeit von Shionas Abwesenheit an Beute gemacht haben. Und zweitens steht auf der Tagesordnung, wie und wo Shiona in den nächsten Wochen ihre Geschäfte erledigen wird, ohne Gefahr zu laufen, von der Polizei aufgespürt zu werden. Denn immerhin ist sie nach wie vor ein entflohener Sträfling.

Soweit ich es herausgehört habe, wird sie wohl eine Zeit lang nach Paris gehen, wo ihr Vater eine gigantisch große Jacht im Hafen liegen hat. Dort an Bord gehen und so eine Art private Kreuzfahrt starten, um von dort aus die Geschäfte zu leiten. Unklar ist bisher, ob ihr Vater hier in der Villa bleibt oder seine Tochter auf der Jacht begleiten wird. Jede dieser Fragen hätte mich natürlich brennend interessiert, aber nun wirft Shiona mich raus.

Aber gut. Da kann ich mich wenigstens zusammen mit den anderen um das Mädchen kümmern.

Ich verabschiede mich also, gehe hinunter auf die Straße und will eigentlich gleich ins Wohnmobil, um dort Tims GPS-Signal mitzuverfolgen. Doch als ich unten vor der Tür ankomme, ist – das Wohnmobil verschwunden!

Oh nein! Dann sind sie Tim direkt gefolgt? Mit dem Wohnmobil? Das ist doch viel zu auffällig! Wie auch immer, unsicher sehe ich mich um und frage mich, was ich jetzt tun soll. Zurück in die Agentenwohnung zu Balu? Ist wohl die beste Idee. Doch dann fällt mir das Hotel gegenüber ins Auge. Naomi ist mit meinen Eltern zusammen dort hineingegangen. Das hatte ich zufällig noch gesehen. Ob die noch dort sind?

Aber als was haben sie sich an der Rezeption angemeldet? Wie soll ich nach ihnen fragen?

Ich brauche nicht länger darüber nachzudenken. Denn plötzlich steht Naomi unten vor dem Hoteleingang an der Straße und winkt mir heftig zu.

Ich laufe rüber über die Straße.

Noch ehe ich Naomi begrüßen oder sie etwas fragen kann, weist sie mich nur an: »Komm rein! Schnell!«

Ich husche ins Hotel hinein. Naomi sieht sich noch kurz zu allen Seiten um, ob ich gesehen worden sein könnte. Dann laufen wir hinauf in ihr Zimmer.

»Sind meine Eltern noch hier?«, frage ich, als Naomi die Zimmertür hinter uns geschlossen hat. »Ich habe euch zufällig gesehen, als ich aus dem Wagen ausgestiegen bin. Shiona hat euch übrigens ganz sicher nicht bemerkt, sie war mit ihrem Smartphone beschäftigt, und ich habe dann dafür gesorgt, dass sie zur anderen Seite guckt.«

»Gut gemacht«, lobt Naomi mich. »Und der Fahrer?«

»Wir hatten keinen«, antworte ich und kann mir ein Lächeln nicht verkneifen.

Naomi stutzt. »Shiona ist gefahren?«

Ich schüttle den Kopf, lächle noch mehr und erzähle Naomi dann von dem selbstfahrenden Wagen.

»Cool«, kommentiert Naomi. »Wieso haben wir so etwas nicht?«

»Wir können den Prof ja mal fragen«, schlage ich kichernd vor, doch dann werde ich schnell wieder ernst, der Lage angemessen.

»Seid ihr an Tim dran?«

»Ja«, bestätigt Naomi. »Das hast du übrigens supergut gemacht, dass Shiona Tim geschickt hat.«

»Danke!«

Naomi setzt sich an den Schreibtisch im Hotelzimmer, rückt einen kleinen Hocker für mich zurecht und fordert mich auf, mich zu setzen. Auf dem aufgeklappten Laptop vor ihr ist eine Straßenkarte zu erkennen, auf der ein roter Punkt blinkt: Tims Aufenthaltsort. Ich gehe näher heran, um den Stadtteil und den Straßennamen erkennen zu können.

»Da ist Sophie gefangen?«, frage ich.

»Das wissen wir leider noch nicht«, erläutert Naomi mir. »Wir wissen nur, dass Tim dort ist. Noch aber hat er uns keine Rückmeldung gegeben. Er sollte seine versteckte Kamera anschalten, damit wir mit ihm sehen können, ob das Mädchen da ist. Aber das hat er noch nicht gemacht.«

»Wieso nicht?«

»Wenn wir das wüssten!«, erwidert Naomi.

Ich höre deutlich, wie besorgt sie klingt. Zu Recht, vermute ich. Wenn bei Tim alles glattgelaufen wäre, hätte er doch sicher sofort die Kamera angeschaltet, um uns mit ins Bild zu setzen. Wenn er das nicht tat, kann das eigentlich nur heißen, dass irgendetwas Unvorhergesehenes passiert ist.

»Vielleicht nur eine technische Panne?«, schlage ich vor. »Keine Netzverbindung oder so.«

»Möglich«, stimmt Naomi mir zu. »Wollen wir hoffen, dass es so etwas Harmloses ist.«

»Hallo?«, höre ich Balus Stimme aus dem Laptop. Aber

er meint gar nicht uns, sondern er ruft Billy in seinem Wohnmobil und Charles in der Drohne. »Seid ihr dran? Könnt ihr erkennen, was dort los ist? Wir kriegen keine Bilder von Tim!«

»Ich auch nicht«, antwortet Billy für alle über Funk. »Sie sind durch eine Toreinfahrt auf ein Gewerbegrundstück gefahren. Dort steht ein Gebäude, das leer zu sein scheint. Gut möglich, dass Sophie darin festgehalten wird.«

»Ja«, bestätigt Charles. »Ich kreise über dem Gebäude. Ich sehe den SUV davorstehen. Ansonsten tut sich nichts auf dem Gelände. Alles ruhig.«

»Soll ich rein und nachsehen?«, fragt Billy.

»Nein!«, widerspricht Naomi. »Das ist zu gefährlich. Für alle: für dich, für Tim, vor allem aber für das Mädchen. Wenn wir sicher sind, dass Sophie sich darin befindet, rufen wir das SEK.«

»Warum nicht jetzt?«, fragt Balu.

»Wenn wir uns täuschen und Sophie ist nicht da, würden wir den Gorilla durch den SEK-Einsatz nur warnen. Dann erfahren wir nie, wo das Mädchen wirklich versteckt wird. Wir müssen warten, bis wir Sophie durch Tims Kamera sehen oder Tim uns anderweitig informiert, dass Sophie auch wirklich dort ist.«

»Mist!«, höre ich Billy fluchen. »Was ist denn bloß mit der Scheißkamera los?«

»Wartet!«, ruft Billy plötzlich. »Da tut sich was!«

»Ja?«, fragt Naomi nach. »Was denn?«

»Moment!«, ruft Billy.

»Charles?«, fragt Naomi weiter. »Kannst du uns etwas sagen? Kannst du uns dein Kamera-Bild auf die Bildschirme schicken? Live-Übertragung?«

Auf dem Laptop flackert es kurz, dann entsteht ein neues Fenster mit einem Live-Bild von Charles' Kamera auf dem Bildschirm. Aber von dem Fabrikgebäude ist nichts zu sehen. Stattdessen Bäume und eine Straße von oben.

»Was ist das denn?«, fragt Naomi. »Wo ist das Gebäude?«

»Ich muss eine Schleife fliegen«, antwortet Charles. »Der Gorilla kam eben aus dem Haus und hat tatsächlich nach oben geschaut. Er hat mich gesehen. Ich musste wegfliegen, damit er mich für ein Spielzeug hält und nicht für eine Spionage-Drohne oder so etwas. Der bringt es fertig und schießt mich vom Himmel.«

»Mist!«, flucht Naomi. »Trotzdem war das richtig, Charles. Sicherheit geht vor.«

»Aber wieso hat der Gorilla das Gebäude verlassen?«, werfe ich nun meine Frage ein. »Billy, bist du näher dran? Konntest du etwas erkennen?«

»Ich?«, fragt Billy überrascht zurück. »Ich hab den Eingang im Blick. Da kam niemand heraus. Erst recht nicht der Gorilla. Aber eben gerade ist ein Pkw aus der Toreinfahrt gekommen. Ein roter Audi A1, wenn ihr mich fragt.«

»Moment, Moment«, ruft Naomi. »Da komme ich nicht mehr mit. Da kam ein Wagen heraus, aber den Gorilla hast du nicht gesehen?«

»Nein«, bestätigt Billy. »Der SUV steht auch noch vor dem Haus.«

»Aber wo kommt denn der andere Wagen her, verdammt?«, fragt Naomi. »Und wer saß drinnen?«

»Keine Ahnung! Getönte Scheiben.«

»Getönte Scheiben?«, wiederhole ich. »Das war der Gorilla. Bestimmt! Bei unserem Wagen waren auch alle Scheiben dunkel getönt, damit von außen niemand reingucken kann. Das scheint bei allen Wagen von Shionas Bande so zu sein.«

»Aber das kann doch nicht sein«, widerspricht Billy. »Der SUV steht doch noch …«

»Ablenkungsmanöver!«, ruft Naomi. »Charles, wo hast du denn den Gorilla gesehen?«

»Der kam aus der Hintertür«, erläutert Charles.

»HINTERTÜR?«, schreien Naomi, Billy und ich gleichzeitig.

»Wieso sagst du das denn nicht gleich?«, meckert Naomi Charles an.

»Ich …«, will Charles gerade erläutern, aber das interessiert in diesem Augenblick niemanden.

»Billy!«, brüllt Naomi. »Kannst du dem Audi folgen?«

»Wo ist er denn? Ich sehe ihn nicht mehr!«

»Charles?«

»Ich sehe ihn auch nicht«, muss Charles zugeben.

Aber Naomi akzeptiert das nicht so schnell. »Was soll das denn nun wieder heißen? WIESO NICHT?«

Ihr droht, wie man in Deutschland sagt, gleich der Kragen zu platzen.

»Keine Ahnung!«, entschuldigt sich Charles. »Hier es gibt einige ... äh ... treetops!«

»Baumkronen?«, übersetzt Naomi und ist fassungslos. »Da ist doch kein Dschungel. Mann, Charles, du musst von dort oben doch das Auto sehen können!«

»Vielleicht es ist gefahren in die andere Richtung?«, mutmaßt Charles.

»Oh Mann!«, flucht Naomi. »JA! Vermutlich! Hinterher!«

»Moment!«, sagt Charles. »Ich wende und werde sehen!«

»In welche Richtung fliegst du jetzt?«, fragt Billy. »Ich seh dich nicht.«

»Richtung north!«, antwortet Charles. »Ich dich kann erkennen sehr fine.«

»Schön für dich«, mault Billy. »Dann fahre ich Richtung Süden.«

»Nein«, hält Naomi ihn zurück. »Steig aus und geh ins Gebäude! Sieh nach, ob die wirklich ausgeflogen sind. Oder nur der Gorilla. Oder vielleicht ganz jemand anderes? Vielleicht ist das Mädchen noch da? Und wer weiß? Tim vielleicht auch?«

»Okay«, gibt Billy an alle durch. »Ich gehe rüber und rein.«

»Sei vorsichtig«, mahnt Naomi.

ALLEIN

»Aufwachen! Hey, aufwachen!«

Von irgendwo weit entfernt höre ich eine unbekannte Stimme. Gehört sie zu meinem Traum? Ich träume gerade, ich wäre in einem endlos großen, weißen Raum. Ist es überhaupt ein Raum? Oder der Himmel? Bin ich tot? Alles um mich herum ist weiß, ich kann nicht mal erkennen, ob es einen Boden, Wände, eine Decke gibt oder ob ich einfach nur in einem weißen Nichts schwebe. Ein ganzes Stück von mir entfernt – bestimmt fünfzig oder hundert Meter – sitzt ein kleines Mädchen mit einer Puppe auf dem Schoß, der sie die Haare kämmt und ihr dabei immer zuruft: »Aufwachen! Hey, aufwachen!« Das Mädchen ist Sophie. Ich rufe sie, aber sie hört nicht.

»Aufwachen! Hey, aufwachen!«, höre ich erneut.

Jemand rüttelt an mir.

Ich wache auf, öffne meine Augen. Ich liege auf dem Rücken. Sophie hat sich über mich gebeugt und rüttelt weiter an mir.

»Aufwachen!«, sagt sie. Dann gehörten ihre Rufe doch nicht zum Traum, sondern sind real.

»Huch!«, sage ich. »Wo … sind wir?«

»Ich weiß nicht«, antwortet Sophie. »In einem Lastwagen?«

»Hä? Was?« Ich hebe meinen Kopf an, stoppe aber mitten in der Bewegung. Ich habe einen leichten Brummschädel, und mir ist schlecht, aber zum Glück nur ein kleines bisschen. Ich schaue auf meine Sportuhr, weil ich sehen will, wie viel Zeit vergangen ist, seit mir in der Lagerhalle schwarz vor Augen wurde. Aber da ist keine Uhr mehr. Stimmt, der Gorilla hat sie mir abgenommen. Mir wird klar: Ich wurde betäubt, und wir beide – Sophie und ich – wurden erneut entführt.

»Hast du auch geschlafen?«, frage ich Sophie.

Sie nickt mir zu.

Ich schaue mich um. Wir beide befinden uns … Ja, wo? Wirklich auf der schmutzigen, leeren Ladefläche eines Transporters, wie Sophie glaubt? Nein, so sieht es nicht aus. Es hat eher Ähnlichkeit mit dem Raum, in dem der Gorilla mich das erste Mal eingeschlossen hatte. Aber es ist nicht derselbe Raum. Dennoch sitzen wir beide in einem schmutzigen, kleinen, engen, fensterlosen Lagerraum, der lediglich mit einer Glühbirne schwach beleuchtet wird. Eine schmale, steile Holztreppe führt hinaus zum einzigen Ausgang; fast schon eher eine Leiter als eine Treppe. Ich stehe auf, weil ich prüfen will, ob die Tür verschlossen ist. Als ich auf beiden Füßen stehe, spüre ich, dass der Boden unter mir schwankt.

Was ist das?

Dann begreife ich es: Wir sind nicht auf der Ladefläche eines Lastwagens, wie Sophie glaubt, sondern im tristen Lagerraum eines Boots, vermutlich ein kleines Binnenschiff. Durch die Wände hindurch höre ich das gleichmäßige Tuckern des Schiffsmotors.

»Gehörst du nicht zu den Bösen?«, fragt Sophie wieder. »Kannst du mir helfen?«

Ihr zweifelnder Blick verrät: Sie traut mir wohl eigentlich nicht zu, dass ich ihr helfen könnte, aber offenbar will sie auch die kleinste Chance nicht unversucht lassen und hat deshalb trotzdem gefragt.

Entsprechend verblüfft schaut sie mich an, als ich ihr antworte: »Ja, natürlich kann ich dir helfen. Und werde es auch tun. Keine Angst. Ich werde uns von hier befreien!«

»Echt?«, hakt sie nach. »Wie?«

Aus ihrem überraschten Blick scheint auch so etwas wie ein kleiner Hoffnungsschimmer.

Doch leider muss ich ihr ehrlicherweise antworten: »Das weiß ich noch nicht.«

Der Hoffnungsschimmer schwindet augenblicklich aus ihrem Gesicht, in dem sich nun ungehindert Furcht und Verzweiflung breitmachen. Ihre Mundwinkel ziehen sich nach unten, die Lippen beginnen zu zittern, die Augen verkleinern sich und – Sophie beginnt zu weinen.

Scheiße! Aber ich kann es ihr gut nachfühlen. Ihre einzige zarte Hoffnung ruhte auf mir, einem elf Jahre alten, (fast) kleinwüchsigen Kind. Klar, dass die Hoffnung da nicht lange standhält. Dass ich ein ausgebildeter Agent bin, kann sie ja nicht ahnen und wird es auch nie erfahren. Und selbst wenn sie es wüsste, hätte sie keine Ahnung, was es bedeutet.

Ich nehme sie in den Arm. Sophie nimmt meinen Trost dankend an. Gleichzeitig schaue ich mich um, aber es gibt genauso wenig zu sehen wie in dem Zimmer, in dem mich der Gorilla das erste Mal eingesperrt hatte. Die Frage ist, weshalb wir überhaupt entführt und eingesperrt wurden.

Beim ersten Mal war's bei mir klar: Der Gorilla hielt mich für einen Dieb oder Spion der Konkurrenzbande. Aber dieses Mal bin ich ja eindeutig im Auftrag und auf Befehl von Shiona hier. Ich soll mich um Sophie kümmern, ihr die Angst nehmen, Vertrauen aufbauen, sie bei Laune halten, bis der Gerichtsprozess vorüber ist. Aber der Gorilla hat für das exakte Gegenteil gesorgt: Sophie liegt nun verängstigt, zitternd und weinend in meinen Armen, und statt in ihrem halbwegs nett eingerichteten Kindergefängnis sitzen wir im verdreckten Laderaum irgendeines Kahns. Damit hat sich der Gorilla eindeutig gegen eine Anweisung von Shiona gewandt. Wieso? Und vor allem: Was hat er vor? Shiona wird ja irgendwann auf meine Rückkehr warten, fragen, wie es Sophie geht, wie ich mich um sie gekümmert habe und so weiter. Was glaubt der Gorilla denn, was ich Shiona erzählen werde? Wie stellt er sich das vor? Oder … stellt er sich das gar nicht vor? Ist sein Plan etwa, dass ich – dass wir, Sophie und ich – niemals mehr zurückkehren? Ist das hier in diesem Kutter etwa … unser … Ende?

Ich muss erst einmal von meinen eigenen Gedanken pausieren und tief durchatmen. Drehe ich jetzt durch? Gewinnt die Angst in mir Oberhand und lässt mich durchdrehen? Nein. Im Gegenteil: In Anbetracht unserer Situation habe ich bemerkenswert wenig Angst, stelle ich fest. Eher befürchte ich nun, die Lage zu unterschätzen, die Bedrohung leichter zu nehmen, als sie tatsächlich ist. Kann es wirklich sein, dass der Gorilla uns ganz und gar beseitigen will und hier und jetzt unser Ende naht?

Als mir dieser Gedanke kommt, werden meine Hände plötzlich kalt und gleichzeitig schwitzig. Doch was hätte der Gorilla davon, Sophie und mich zu beseitigen? Außer dass er höllischen Ärger mit seiner Chefin – Shiona – bekommen wird?!

Mir fällt kein einziger Grund ein. Der Gorilla hat doch auch ein Interesse daran, dass sein Chef Maffei und »der Boss« freigesprochen werden. Dafür sitzt hier das Faustpfand: Sophie. Nur solange sie in der Gewalt der Gangster ist und es ihr gutgeht, wird der Richter die Anweisung befolgen und die beiden freisprechen.

Warum also diese Entführung?

ES GEHT UM LEBEN UND TOD!

»Bist du drinnen? Kannst du etwas sehen?«, fragt Naomi über Funk. Sie und ich sitzen im Hotelzimmer und verfolgen, wie Billy das leere Fabrikgebäude vorsichtig untersucht. Auch Balu beobachtet es von der Agentenwohnung aus.

Charles sucht immer noch mit der Drohne die Gegend rund um das Fabrikgelände herum nach dem Fahrzeug ab, das von dem Betriebshof weggefahren ist.

»Die unteren Fenster sind vergittert«, antwortet Billy. »Und von innen sind dicke Vorhänge zugezogen. Man kann nirgends hineinsehen. Die Haustür ist verschlossen. Ich sehe mich jetzt mal hinter dem Haus um.«

»Mach deine Cam an«, bittet Naomi.

Einen Augenblick später können wir am Bildschirm mitverfolgen, was Billy vor Ort sieht. Auch auf der Rückseite des Fabrikgebäudes ist die Tür verschlossen. Vorn steht noch der SUV, hinten ist nichts zu sehen. Alles leer.

»Ich gehe wieder nach vorn und rein«, kündigt Billy an.

»Soll Charles dir nicht helfen?«, fragt Naomi. »Oder dich absichern? Dass du dort jetzt allein hineingehst, ist mir gar nicht recht. Charles, wo bist du gerade?«

»Ist schon gut«, wiegelt Billy ab. »Ein Agent arbeitet besser sowieso immer allein!«

»Ach ja?«, empört sich Naomi. »Was soll das denn heißen?« Unwillkürlich stemmt sie ihre Hände in die Hüften, obwohl Billy das natürlich gar nicht sehen kann. Immerhin hat sie schon mehrere Fälle gemeinsam mit Billy und Charles gelöst und dabei teilweise sehr eng mit ihm zusammengearbeitet. Sie hatten sich sogar schon mal gemeinsam auf der Jacht des Mafiabosses als blinde Passagiere versteckt. Und jetzt so ein Spruch?

»So war das nicht gemeint!«, entschuldigt sich Billy sofort.

»Ach nein?«, fragt Naomi nach. »Und wie dann?«

»Ich wollte nur sagen, wenn ich jetzt hineingehe, und die sind noch da, dann ist einer von denen Tim. Dann sind wir ja zu zweit.«

»Tolle Logik«, meckert Naomi. »Und wenn Tim dort schon gefesselt und geknebelt irgendwo in einer Ecke hockt und du der Nächste bist?«

»Dann kommst du und befreist uns beide!«, scherzt Billy.

Aber Naomi ist nicht zum Scherzen zumute. Allerdings weiß sie auch, wie ernst Billy seine Aufgabe nimmt. Trotzdem ist ihr nicht wohl dabei, ihn jetzt allein in das Gebäude gehen zu lassen.

»Ich gehe jetzt rein«, kündigt Billy an.

Er sieht sich noch mal um, nimmt sein Türöffner-Set hervor und hat in wenigen Sekunden die Tür geknackt. Anschließend schleicht er langsam, Schritt für Schritt, ins Haus hinein.

Naomi und ich verfolgen das am Monitor so nah mit, als wären wir selbst in dem gespenstischen Gebäude.

»Alles leer«, verkündet Billy, nachdem er die Räume einzeln durchsucht hat. »Aber Sophie war hier. Das ist eindeutig zu erkennen.«

Er schwenkt seine Kamera durch das provisorisch eingerichtete Kinderzimmer.

»Merde!«, flucht Naomi. »Dann waren wir nur ein klein wenig zu spät.«

»Ja«, stimme ich ihr zu. »Aber die Frage ist: Wieso ist der Gorilla mit Sophie und Tim überhaupt abgehauen? Und wieso hören und sehen wir nichts von Tim? Für mich sieht es sehr danach aus, dass der Gorilla etwas gemerkt hat und Tim aufgeflogen ist. Alles andere ergibt doch keinen Sinn!«

Naomi wendet den Blick vom Monitor ab und starrt mich an.

»Scheiße!«, flüstert sie. »Das könnte sein. Und wenn du recht hast … Du meine Güte.«

»Ich sehe das Auto!«, kommt im selben Moment durch die Lautsprecher von Charles.

»Was? Wo?«, fragt Naomi nach.

Balu spielt das Kamerabild von Charles' Drohne auf Naomis Computer und zoomt heran.

»Es steht am Straßenrand, unweit der Bille, genau zwischen

zwei Wassersportvereinen: das eine wohl ein Ruderklub, beim anderen gibt es alle möglichen Bootsgattungen.«

»Du meinst, die sind auf einem Boot?«, fragt Naomi.

»Keine Ahnung«, antwortet er. »Könnte aber gut sein.«

»Sollten wir nicht die Wasserschutzpolizei informieren?«, fragt Billy über Lautsprecher.

»Nicht, solange wir nicht genauer wissen, wonach wir überhaupt suchen«, erwidert Naomi.

Naomi kaut auf ihrer Unterlippe. Und es ist deutlich zu erkennen, dass sie darüber nachgrübelt, was wir jetzt tun sollen.

»Ich hab vielleicht eine Idee!«, werfe ich ein. »Charles fliegt die Bille ab und sucht nach einem Boot, das infrage käme, um zwei entführte Kinder zu verstecken. Es müsste so eine Art kleiner Kutter sein oder so. Irgendetwas mit einer Unterdeck-Kabine. Aber nicht allzu groß, denn große Schiffe können dort ja nicht fahren. Oder?«

»Das nehme ich auch an«, stimmt Naomi mir zu.

»Und ich gehe zu Shiona«, schlage ich weiter vor.

Naomi versteht meine Idee im ersten Moment nicht. Auch Balu und Billy fragen über unsere Leitung nach, was ich mir davon verspreche.

»Wenn Tim tatsächlich aufgeflogen ist, wird der Gorilla Shiona informiert haben. Und dann wird sie entweder eine Anweisung gegeben haben, was sie mit Tim vorhat. Oder der Gorilla hat Shiona selbst eine Lösung vorgeschlagen. Wie auch immer: Shiona wird wissen, wo sich der Gorilla mit Tim und dem Mädchen aufhält!«

»Aber wieso hat der Gorilla dann Sophie auch mitgenommen?«, fragt Billy.

»Vermutlich befürchtet er, dass Tim das Versteck schon irgendwie verraten hat!«, sage ich.

Das erscheint mir das Logischste zu sein.

»Du meinst, unbewusst wird Shiona uns helfen, den Gorilla zu finden?«, fragt Billy nach.

»Ja«, bestätige ich. »Ich hoffe, ich kriege sie so weit, es auszuplappern.«

»Guter Plan!«, lobt Naomi. »Leg sofort los!«

Das mache ich. Indem ich zum Smartphone greife. Denn drüben in der Wohnung ist ja niemand mehr. Jedenfalls sehen wir dort niemanden. Aber: Wir haben die Konferenzteilnehmer zwar aus dem Haus gehen sehen, nur Shiona nicht. Die selbstfahrende Limousine steht allerdings noch vor der Tür. Wo nur mag Shiona abgeblieben sein? Egal. Ich gehe hinunter auf die Straße, schaue mich um, ob ich unbeobachtet bin, hefte einen GPS-Sender unter die Stoßstange der Limousine, danach bleibe ich unten vor der Tür stehen und rufe sie an. Gleich werde ich erfahren, wo sie steckt.

Ich habe noch das Prepaid-Handy, das Shiona mir gegeben hat, um Tim zu Shiona zu beordern. Es war ganz neu, und Shiona wird die Nummer nicht bei sich gespeichert haben. Sie bekommt von mir also einen Anruf von »Unbekannt«. Vielleicht ist das der Grund, weshalb sie nicht sofort rangeht?

Ich versuche es noch ein zweites und ein drittes Mal. Dann endlich nimmt sie ab.

Ich taste mich vorsichtig heran und sage, dass ich nichts mehr von Tim höre, obwohl wir verabredet hatten, dass er sich melden soll. Denn in Shionas Sinne soll Tims Auftrag ja auch so etwas wie eine Vertrauensprüfung sein, die ich zu überwachen habe. Wenn also Tim aufgeflogen ist, wie wir befürchten, dann wird Shiona es mir jetzt erzählen. Hoffe ich zumindest. Doch Shiona reagiert ganz anders als vermutet.

»Wie: nicht gemeldet? Was meinst du damit?«, fragt sie.

Ich stutze. Na, sie weiß doch, weshalb Tim sich nicht meldet. Weil der Gorilla ihn enttarnt hat. Oder nicht?

»Ähhh«, zögere ich meine Antwort heraus, während ich überlege, was ich jetzt sagen soll. »Tim sollte sich bei mir melden, sobald er vor Ort ist und mit dem Mädchen alles in Ordnung ist. Kann es sein, dass die gar nicht mehr dort sind?«

»Wie bitte?«, hakt Shiona nach. »Wo sollen die denn sonst sein? Ich verstehe gar nicht, wovon du sprichst!«

Ich stutze erneut. Die anderen Agenten hören mein Telefonat mit und sind sicher ebenso überrascht. Wenn Tim aufgeflogen wäre, dann wüsste Shiona davon. Und wenn sie davon wüsste, dann auch, wohin der Gorilla mit den beiden Kindern abgehauen ist. Aber sie scheint von alledem überhaupt nichts zu wissen. Was hat das zu bedeuten?

»Du willst mir sagen, Robert ist mit Tim und dem Mädchen verschwunden?«, fragt Shiona skeptisch. »Woher willst du das wissen?«

»Wie gesagt: Für Tim sollte es doch eine Bewährungsprobe sein«, erläutere ich ihr. »Da hab ich mit ihm abgemacht, dass er sich bei mir melden soll, wenn er dort ist, und dann jede Stunde berichtet, wie es läuft. Ihm Vertrauen zu schenken, ist ja schön und gut. Aber ich dachte, wir sollten ihn zunächst auch kontrollieren.«

»Gut gemacht«, lobt Shiona mich.

»Aber er hat sich nicht gemeldet. Und er antwortet nicht, wenn ich ihn anrufe.«

»Aha«, sagt Shiona. »Dann hat Tim uns verarscht!«

»Hat Robert das gesagt?«, hake ich nach.

»Nein!«, antwortet Shiona. »Robert hat sich überhaupt nicht gemeldet.«

»Na, wenn Tim uns auf irgendeine Art verarscht hätte, dann hätte Robert sich doch bei dir gemeldet und es berichtet. Oder etwa nicht?«

Shiona schweigt. Und ich weiß, damit habe ich sie. Sie kann ja jetzt nicht zugeben, dass sie nicht genügend Autorität als Chefin hat, dass ihr nicht berichtet wird. Also muss sie jetzt den Gorilla in den Verdacht nehmen. Und das tut sie.

»Da hast du natürlich recht«, stimmt sie mir zu. »Das heißt: Robert hat mich verarscht?«

Inzwischen bin ich mir sicher, dass Tim nicht aufgeflogen ist. Denn dann wüsste Shiona davon. Also schüre ich weiter den Verdacht gegen den Gorilla.

»Es sieht so aus«, pflichte ich ihr bei. »Aber warum? Macht Robert da irgendwie sein eigenes Ding?«

Es kommt keine Antwort. Shiona scheint zu überlegen. Ich höre im Hintergrund, dass sie nicht allein ist. Eine Jungenstimme fragt, was los sei, doch auch er bekommt keine Antwort. Wo steckt sie? Und mit wem?

Dann meldet sie sich wieder. »Okay, Abena. Vielen Dank. Mal sehen, was dahintersteckt. Ich werde mich drum kümmern.«

»Gut«, sage ich. »Soll ich mitkommen?«

»Nein!«, antwortet Shiona. »Wo bist du überhaupt?«

»Öh ...« *Gute Frage!,* denke ich. Und behaupte: »Dort, wo mich die Polizei nicht vermutet. Aber ich könnte schnell bei dir sein. Wo bist du denn?«

»Bleib du, wo du bist«, antwortet Shiona nur, ebenfalls ohne zu verraten, wo sie steckt. »Ich kümmere mich.«

»Okay«, sage ich und beende das Gespräch. Ich muss so schnell wie möglich von hier verschwinden. Ich weiß zwar immer noch nicht, wo sich Shiona aufhält. Aber da die Limousine noch hier steht, wird sie sehr wahrscheinlich in der Nähe sein und jeden Moment hier beim Auto auftauchen. Ich laufe also rüber über die Straße, zurück ins Hotel und bin kurz darauf wieder bei Naomi im Zimmer.

»Da ist sie!«, empfängt Naomi mich, meint aber natürlich Shiona.

Ich renne zum Fenster, doch Naomi hält mich auf.

»Vorsichtig«, mahnt sie. »Sie könnte dich sehen!«

Ich bleibe zurück und nähere mich nur langsam dem Fenster, verstecke mich halb hinter dem Fensterrahmen und der Gardine und linse hinaus: Shiona ist in Begleitung eines jungen Mannes. Ich erkenne ihn sofort.

»Wer ist das?«, fragt Naomi.

»Er war bei der Sitzung dabei«, antworte ich. »Leider hab ich seinen Namen nicht herausbekommen.« Es ist der Typ, der bisher für die Betreuung des Mädchens zuständig war und von Shiona wegen seiner Fehler so heruntergemacht wurde.

»Hat die Wohnung ein Schlafzimmer?«, fragt Naomi.

»Das nehme ich an«, antworte ich. »Da ging noch eine Tür ab, neben der Badtür. Ich dachte, der Gorilla wohnt da?«

»Das glaube ich nicht«, sagt Naomi. »Aber ich ahne, wo Shiona die ganze Zeit gesteckt hat.«

Ich will gerade nachfragen, da beginne ich zu verstehen. »Du meinst, Shiona hat was mit dem Typen da unten?«

Naomi nickt eifrig und grinst verschmitzt. »Da bin ich mir ziemlich sicher.«

Die beiden – der Typ und Shiona – steigen hinten in die Limousine ein.

Kurz darauf fährt der Wagen los.

»Balu?«, fragt Naomi über ihren Laptop. »Hast du die Peilung?«

»Natürlich«, antwortet Balu. »Aber ich denke, es ist ohnehin klar, wo die jetzt hinfahren. Ich informiere Billy. Der muss da jetzt weg vom Fabrikgelände.«

»Alles klar«, antwortet Naomi.

Dann wendet sie sich an mich: »Wir sollten jetzt dranbleiben an Shiona.«

Dann wieder an Billy: »Billy? Kannst du das Wohnmobil

für uns am Ufer stehen lassen und versuchen, dem Boot zu folgen?«

»Ich bin schon dabei«, antwortet Billy. »Ich muss nur noch das richtige Boot finden.«

»Okay! Charles: Schon etwas gesichtet?«

»Noch nicht«, antwortet Charles.

»Gut«, sagt Naomi. »Abena und ich machen uns auf den Weg zum Fabrikgelände und werden dann voraussichtlich das Wohnmobil übernehmen.«

»Alles klar!«, antwortet Billy.

»Okay«, sagt auch Balu.

Und ebenso Charles.

»Dann mal los!«, sagt Naomi zu mir.

»Womit?«, frage ich. Charles ist mit der Drohne unterwegs, Billy mit dem Wohnmobil, unsere-E-Bikes haben wir nicht hier. Wie sollen wir jetzt schnellstmöglich zu dem Fabrikgebäude kommen? Es bleibt eigentlich nur eine Möglichkeit. Oder gut, zwei.

»Stadträder oder E-Scooter?«, frage ich.

Naomi stutzt. »Eigentlich dachte ich daran, ein Auto oder Motorrad zu knacken. Aber du hast recht. E-Scooter sind unauffälliger.«

Wir beide laufen also runter auf die Straße, Naomi schaut auf ihre App, wo E-Scooter herumstehen. Ganz in der Nähe finden wir zwei, mieten sie und düsen los.

Als wir das Fabrikgelände erreichen, ist Shiona natürlich schon da. Wir müssen uns etwas verdeckt halten, damit sie uns nicht sieht. Wir aber können beobachten, wie sie wütend über den Hof stampft und versucht, jemanden anzurufen.

»Ich vermute, sie versucht, den Gorilla zu erreichen«, sage ich.

Naomi stimmt mir zu.

Kurz darauf läutet das Prepaid-Smartphone, das ich von Shiona bekommen habe.

Ich nehme das Gespräch an.

»Du hattest recht!«, schimpft Shiona ohne jede Begrüßung oder Einleitung ins Telefon. »Robert hat das Mädchen!«

»Aber warum?«, frage ich. Und die Frage meine ich durchaus ehrlich. Denn noch immer haben wir keine Idee, was der Gorilla davon haben sollte, das entführte Mädchen nochmals zu entführen.

Doch Shiona glaubt, den Grund zu kennen.

»Das ist doch klar!«, antwortet sie. »Er will, dass mein Vater im Knast bleibt, damit er selbst unseren Clan übernehmen kann. Er hat mich noch nie als Ersatzchef für meinen Vater akzeptiert!«

Ich bin äußerst verwundert über Shionas Offenheit. Sie scheint mir tatsächlich sehr zu vertrauen.

Naomi steht genau neben mir, hat ihr Ohr leicht an meinen Kopf gelehnt und hört mit.

Sie zeigt mir stumm an, dass ich gerade auf dem goldrichtigen Weg sei, höchst brisante und wichtige Informationen aus Shiona herauszubekommen. Also hake ich gleich noch mal nach.

»Echt?«, frage ich. »Ich habe den Gori … Robert … immer für einen sehr ergebenen Diener gehalten.«

»Diener?«, wiederholt Shiona entsetzt. »Hat das auf dich diesen Eindruck gemacht? Wirklich? Das ist nämlich genau das, was Robert *nicht* sein will. Er hält sich nicht für einen Diener, sondern für einen von uns, wenn auch auf einer Befehlsstufe unter mir.«

»Oh!«, sage ich wieder ehrlich überrascht. Denn für uns YOUNG AGENTS war der Gorilla nie etwas anderes als ein gehorsamer Diener.

»Mist!«, seufzt Shiona ins Telefon. »Dann ist er vielleicht wirklich drauf und dran, meinen Vater zu hintergehen, um selbst Chef zu werden. Gegen mich nimmt er es allemal auf, aber gegen meinen Vater würde er sich das nie trauen, wenn der nicht im Gefängnis sitzen würde.«

Ein Punkt allerdings bleibt mir immer noch ein Rätsel; vermutlich sogar der wichtigste Punkt:

»Wieso will Robert dafür sorgen, dass dein Vater nicht freigesprochen wird, indem er das Mädchen nochmals entführt? Das ist doch unlogisch. Eigentlich müsste er das Mädchen doch sofort freilassen. Dann würde der Richter sehr wahrscheinlich deinen Vater ohne Bedenken verurteilen, weil seine Tochter ja in Sicherheit wäre.«

Doch auch hier widerspricht Shiona. »Aber nur *wahrscheinlich!* Wie du sagst. Das dürfte Robert zu unsicher sein. Immerhin könnte der Richter befürchten, dass mein Vater dem Mädchen auch im Nachhinein etwas antun würde, dann aus Rache!«

»Was?«, empöre ich mich. »DAS würde dein Vater tun?«

Shiona drückt sich um eine klare Antwort. »Das ist nicht die Frage. Die Frage ist, was der Richter meinem Vater zutraut.«

Ganz schön ausweichend, finde ich. Damit ist für mich klar: Ja, ihr Vater würde keinen Moment zögern, dem kleinen Mädchen etwas anzutun, wenn es ihm nützt.

Shiona fährt mit ihrer Sicht der Dinge fort: »Geschieht dem Mädchen aber noch vor dem entscheidenden Prozesstag etwas Schreckliches, wird die Wut des Richters so groß sein, dass er seinerseits aus Rache meinen Vater noch ein paar Mal mehr lebenslänglich aufbrummt.«

Mir stockt der Atem, als ich das höre.

Auch Naomi neben mir muss erst einmal kräftig durchatmen.

»Du meinst …«, beginne ich zögerlich nachzuhaken. »Du meinst, Robert hat vor, das Mädchen zu … beseitigen?«

»Allerdings«, antwortet Shiona kühl. »Und Tim vermutlich gleich mit. Den braucht er nämlich überhaupt nicht.«

Naomi und ich schauen uns entsetzt an.

Jetzt ist es raus: Der Gorilla ist mit Tim und Sophie unterwegs, um die beiden … Nicht einmal in Gedanken mag ich es aussprechen, dann tue ich es aber doch. Um die beiden umzubringen. Und wir wissen nicht einmal genau, wo er sich jetzt aufhält!

»Du meine Güte!«, rufe ich ins Telefon. Mein Entsetzen muss ich nicht mehr vorspielen. »Wir müssen sie finden. Sofort!« Und weil ich plötzlich selbst finde, dass ich viel zu engagiert klinge, füge ich schnell hinzu: »Um deinen Vater zu retten, meine ich.«

»Ja«, bestätigt Shiona. »Kannst du herkommen?«

»Ja«, antworte ich. »Aber wohin?«

FEUER AUF DEM WASSER

Die Tür zu unserem schwimmenden Gefängnis öffnet sich. Der Gorilla schaut von oben zu uns beiden herunter.

»Kommt hoch«, befiehlt er.

Sophie freut sich, aus unserer Zelle herauszudürfen.

Mir ist klar, dass der Gorilla keineswegs vorhat, uns laufen zu lassen. Wenn er uns jetzt hinaufruft, dann hat er etwas mit uns vor. Und bestimmt nichts Gutes.

Der Gorilla hat seinen Kopf schon wieder zurückgezogen und wird wohl oben an Deck auf uns warten.

Sophie will losrennen, doch ich halte sie zurück.

»Langsam!«, warne ich. »Erst schauen, was er will.«

Sophie schaut mich ängstlich an. »Was meinst du?«

»Nichts«, antworte ich, um Sophie nicht weiter zu verängstigen. »Ich meine nur: Geh langsam und vorsichtig die Treppen hinauf.«

»Ach so«, sagt Sophie und lächelt. »Keine Angst, ich pass schon auf.«

Offenbar hat sie vor dem Gorilla keine große Angst, obwohl er uns ja hier gefangen hält. Oder sie durchschaut die ganze Entführung mehr, als ich ihr zugetraut hätte, und ist sich sicher, dass der Gorilla ihr nichts antun wird, weil er seine Geisel noch braucht.

Jedenfalls klettert sie die Treppe für meinen Geschmack zu schnell hoch.

Oben angekommen, atmet sie tief durch.

Ich muss zugeben, auch mir tut die frische Luft oben an Deck äußerst gut.

Soweit ich es erkenne, befinden wir uns auf der Höhe des Billehafens. Und zwar nicht auf einem Kutter oder Fischerboot, wie ich vermutet hatte, sondern einem recht flachen Hausboot. Flach genug jedenfalls, um durch alle Schleusen und unter allen Brücken hindurchzukommen. Sogar eine kleine Terrasse gibt es vor dem Hausaufbau; so richtig mit Gartenliegen.

»Oh, wie schön«, freut sich Sophie. »Besser als der blöde Raum vorher.«

Die Bille führt ein Stückchen weiter in die Norderelbe, die wiederum direkt in die Elbe fließt. Der Gorilla also fährt mit uns hinaus, raus aus der Stadt. Und das macht er sicher nicht, um uns irgendwo draußen zu verstecken. Wozu die Mühe? Sophie war ja auch vorher schon ganz gut versteckt. Nein, ich vermute, unsere Fahrt kann nur einen einzigen Sinn haben: Er will uns beide beseitigen! Und nach oben gerufen hat er uns vielleicht nur, um uns in Sicherheit zu wiegen. Weglaufen können wir ja nicht. Und oben an Deck soll es für uns wirken wie ein netter kleiner Bootsausflug zu einem anderen Standort. Vielleicht will er mir gegenüber auch den Anschein erwecken, dass er Sophie nur bei Laune halten will, um sie danach wieder ins Versteck zu bringen. Aber darauf falle ich nicht herein. Er führt etwas im Schilde. Er entführt uns. Vermutlich, um uns zu beseitigen. Dieses Gefühl habe ich immer mehr. Wir fahren gerade einer großen Gefahr entgegen!

Sophie hingegen scheint von allem nichts zu ahnen. Sie lehnt sich über die Reling, schaut hinüber zu einigen anderen Hausbooten, die am Ufer liegen, und winkt ihnen zu.

»Lass das«, brummt der Gorilla, der zurück am Ruderrad ist, das Frontfenster aber so weit geöffnet hat, dass wir in Hörweite sind.

»Wohin fahren wir?«, fragt Sophie.

»Dorthin, wo's schön ist«, verspricht der Gorilla.

Sophie setzt nach: »Wie denn schön? Was gibt es da?«

»Alles, was du dir erträumst«, antwortet der Gorilla.

Wie ich es mir dachte. Er macht im Rahmen seiner Möglichkeiten auf gute Miene zum bösen Spiel. Mir wird klar, dass er nicht einmal richtig lügt. Denn während Sophie wohl noch auf einen schönen Ausflug hofft, spricht der Gorilla offenbar vom »Himmel«. Also geht es ihm wohl tatsächlich darum, uns beide kaltzumachen. Aber warum?

Ich beschließe, es direkt anzugehen.

Ich öffne die Seitentür des Fahrerhauses, stelle mich auf die Schwelle und rede leise genug, dass Sophie mich nicht hören kann: »Shiona wollte ein Lebenszeichen von der Kleinen. Ich soll es ihr bringen. Wieso tun Sie das?«

Der Gorilla sieht mich finster an.

»Genießt, dass ihr hier oben sein dürft, bevor ich es mir wieder anders überlege«, warnt er.

Das ist also die Alternative: Wir dürfen hier oben sein, wenn wir uns gut benehmen, oder er sperrt uns wieder in den Lagerraum, womöglich dann noch gefesselt und geknebelt.

Trotzdem wage ich es, nachzubohren.

»Shiona wird sehr sauer sein, wenn Sie uns entführen«, sage ich ihm auf den Kopf zu.

»Ach ja?« antwortet der Gorilla pampig. »Wird sie das? Und wenn es mir scheißegal ist, was diese dumme Göre sagt?«

Ich bin einigermaßen geschockt. Ich dachte, der Gorilla würde Shiona uneingeschränkt als Ersatz-Chefin anerkennen?

»Aber sie hält doch nur die Stellung, bis ihr Vater zurückkehrt«, werfe ich ein.

Der Gorilla grinst böse.

»Ja, *wenn* er zurückkehrt«, sagt er. »Was aber, wenn er nicht zurückkehrt? Sagen wir, die nächsten zwanzig bis dreißig Jahre nicht?«

»Sie wollen, dass Shionas Vater im Knast bleibt?«, frage ich ehrlich verblüfft. »Dann wäre Shiona doch für immer die Chefin.«

Der Gorilla winkt ab. »Haha, das glaubst du! Nein, mit der werde ich fertig!«

Sophie läuft weiter nach vorn zum Bug und schaut auf die Wellen.

»Aber …«, setze ich nach. »Okay. Doch dann müssten Sie Sophie doch freilassen. Ich meine, wenn seine Tochter unversehrt zurückkehrt, dann wird der Richter Shionas Vater nicht freisprechen, sondern ohne Angst verurteilen. Und darum geht's Ihnen doch, oder?«

»Es sei denn, der Richter hat Angst vor Maffeis Rache«, widerspricht der Gorilla. »Nein, da gehe ich lieber auf Nummer sicher.«

»Auf Nummer sicher?«, frage ich nach. »Was bedeutet das?«

»Das wirst du früh genug erfahren. »Verschwinde jetzt! Kümmere dich um das Mädchen. Das ist doch dein Auftrag.«

Der Gorilla schiebt mich aus dem Fahrerhäuschen heraus, schließt die Tür und steuert wieder das Hausboot.

Mir wird sonnenklar, dass wir die Rückfahrt nicht mehr erleben werden, wenn der Plan des Gorillas aufgeht. Und das bedeutet: Ich muss etwas unternehmen.

Die Gelegenheit ist eigentlich günstig wie nie. Sophie und ich dürfen uns im Moment relativ frei auf dem Boot bewegen. Der Gorilla konzentriert sich darauf, das Hausboot zu steuern. Außer uns dreien ist niemand an Bord. Gemeinsam mit Sophie über Bord zu springen, kommt leider nicht infrage. Die Kabine hat Rundumsicht, und wenn der Gorilla uns bei unserem Fluchtversuch erwischt, wird er garantiert auf uns schießen.

Eigentlich bräuchte ich den Gorilla jetzt nur zu überwältigen, und schon wären wir frei. Auf der Kommandobrücke dürften sich sogar die nötigen Mittel befinden, um sofort um Hilfe zu rufen: Mindestens ein Funkgerät müsste an Bord sein.

Das Problem: Obwohl ich ein ausgebildeter Agent bin und x-mal trainiert habe, mich auch gegen größere und stärkere Gegner, gegen erwachsene Kriminelle, zu behaupten, sehe ich mit meiner Körpergröße und immer noch kindlichen Kraft kaum Chancen, so einen Koloss wie den Gorilla zu überwältigen. Aber eine andere Möglichkeit bleibt mir derzeit nicht. Die Frage ist nur, wie ich es am besten anstellen soll. Ich habe nur einen Versuch. Wenn der misslingt, wird er mich fesseln oder gleich über Bord werfen. Nein, mein einziger Versuch muss erfolgreich sein.

Im Moment aber komme ich nicht einmal zu ihm hin, weil er sich im Fahrerhaus eingeschlossen hat. Ich soll ihn wohl nicht weiter nerven.

Also muss ich dafür sorgen, dass er herauskommt. Die einfachste Methode wäre, irgendwie zu bewirken, dass der Motor ausfällt, oder … an Bord ein Feuer zu legen!

Aber wie? Der Gorilla hat mir fast alles abgenommen, was ich besitze.

Ich sehe mich um. Die Sonne scheint, auf der Terrasse zwischen den beiden Liegestühlen steht eine Flasche Wasser – eine Glasflasche!

Ich gehe hin, nehme sie mir, gehe wieder. Beim Weggehen drehe ich sie auf, nehme einen Schluck, bis ich aus dem aktuellen Blickwinkel des Gorillas entkommen bin. Jetzt gehe ich zum Heck, wo allerlei Gerümpel herumliegt. Ich bin mir nicht sicher, ob der Gorilla mich hier durch irgendwelche Rückspiegel oder sogar Kameras sehen kann, obwohl ich bislang nichts dergleichen entdeckt habe. Nun muss ich hoffen, dass er sich nicht umdreht.

Ich sehe das Gerümpel durch, und nach einigem Suchen werde ich fündig. Denn ich stoße auf einen alten, verrosteten Grill, unter dem noch eine halb volle Tüte Grillkohle liegt. Dazu sogar noch drei Grillanzünder-Würfel, ein paar alte Zeitungen und ein alter, kaputter Gartenstuhl aus Holz.

Damit habe ich alles, was ich brauche – bis auf ein Feuerzeug oder Streichhölzer. Das erschwert die Sache zwar, aber damit hatte ich schon gerechnet. Deshalb habe ich ja die Glasflasche dabei.

Ich schaue mich noch mal um. Da ich direkt unter dem Rückfenster der Kabine kauere, glaube ich nicht, dass der Gorilla mich sehen kann.

Dann zertrümmere ich die Flasche auf dem Boden.

Wieder schaue ich mich um, ob der Gorilla das gehört hat. Das scheint nicht der Fall zu sein.

Ich lege mir einen der beiden Grillanzünder-Würfel bereit, picke mir eine größere, gewölbte Glasscherbe heraus und halte sie wie ein Brennglas vor die Sonne, sodass ein kleiner, zentraler Lichtpunkt direkt auf den Grillanzünder fällt. Da die Scherbe keine Lupe und damit kein echtes Brennglas ist, sondern nur ein gewölbtes Stückchen Glas, kann ich bloß hoffen, dass es funktioniert.

Ich muss Geduld haben.

Und beten, dass nicht zwischendurch der Gorilla bei mir hier hinten auftaucht.

Stattdessen steht Sophie plötzlich neben mir.

»Was tust du da?«, fragt sie.

Ich zögere, was ich antworten soll, da ich immer noch unsicher bin, wie ich sie einschätzen soll. Hat sie kapiert, worum es hier geht? Fühlt sie sich wirklich einigermaßen sicher, weil sie glaubt, sie werde noch gebraucht? Jedenfalls zeigt sie keinerlei Befürchtungen, dass wir gerade unserem Ende entgegensehen. Deshalb antworte ich: »Ich will gleich etwas grillen. Aber verrate es nicht. Geh wieder nach vorn.«

Doch ganz so kindlich-naiv ist Sophie dann doch nicht mit ihren acht Jahren.

»Grillen?«, fragt sie. »Hast du denn was zum Grillen? Und wieso benutzt du nicht den Grill dort?«

»Geh nach vorn, verrat es niemandem. Dann komme ich gleich und erklär dir alles. Abgemacht?«

Sophie antwortet nicht. Sie dreht sich einfach um und läuft hüpfend nach vorn zum Bug. Ich habe keine Ahnung, ob sie mich verstanden hat, einverstanden ist oder gleich zum Gorilla läuft und petzt. Aber ich kann mich darum jetzt auch nicht weiter kümmern. Ich sehe, wie der Brennpunkt des Sonnenlichts zu wirken beginnt. Auf dem Grillanzünder entsteht ein kleiner schwarzer Punkt, der ganz leicht zu qualmen beginnt.

Ja! Ich bin auf dem richtigen Weg. Durchhalten. Nicht wackeln und nicht mit der Hand zittern. Gerade draufhalten, immer auf denselben Punkt.

Eine wahnsinnige Geduldsprobe, die mir erheblich schwerer fällt, als ich ohnehin schon befürchtet hatte. Also weiter: draufhalten.

Der Qualm nimmt zu. Nach einer gefühlt endlos langen Wartezeit entsteht am Grillanzünder endlich eine kleine Flamme. Hoffentlich wird sie nicht gleich wieder ausgeweht. Ich greife nach dem zweiten Grillanzünder-Würfel, da entdecke ich etwas an der Holzwand seitlich von mir, genau neben einem Blumenkasten mit verkümmerten und vertrockneten Pflanzen: eine alte Petroleumlampe!

Wahnsinn! Das ist genau das, was ich jetzt brauche!

Ich breche ein Stuhlbein ab, lege es mir beiseite. Dann pflücke ich die Lampe vom Haken, öffne den Tank und erkenne sofort am Geruch, dass es sich nicht um altes, herkömmliches Petroleum handelt, sondern um irgendein modernes Lampenöl. Aber das ist egal. Es ist sogar ein Duftöl. Jedenfalls riecht es plötzlich sehr künstlich nach Pfirsich, als ich das Lampenöl über den alten, zerbrochenen Gartenstuhl verteile und den mit zarten Flämmchen brennenden Grillanzünder darunterschiebe.

Mit einer leichten Verpuffung entflammt das Öl sofort und setzt den Stuhl in Brand. In Sekundenschnelle ist ein stattliches Feuer entstanden, in das ich jetzt die Grillkohle hineinschütte und alles, was ich an brennbarem Material in dem Gerümpel finde, dazugebe: die alten Zeitungen, die leere Tüte der Grillkohle, ein trockenes und morsches Tau, einen Reisigbesen, die vertrockneten Pflanzen.

Mehr und mehr breitet sich das Feuer aus.

Mit einem Mal steht Sophie wieder da.

»Warum machst du ein Feuer?«, fragt sie. »Das ist doch gefährlich!«

Bevor ich ihr antworten kann, kommt auch schon der Gorilla auf uns zugerannt.

»Verdammt!«, brüllt er.

Ich will nach dem Stuhlbein greifen, mit dem ich ihn außer Gefecht setzen will.

Doch dann stoppt er und dreht postwendend um.

Hat er das Stuhlbein gesehen, das ich mir zurechtgelegt habe?

Nein. Zu spät erkenne ich, weshalb er abgedreht hat.

Er hat einen Feuerlöscher geholt und kommt zurück.

Mist! Daran habe ich nicht gedacht! Den hätte ich vielleicht vorher über Bord werfen sollen? Einerseits ist der Gorilla zwar schön abgelenkt, wenn er mit dem Feuerlöscher hantiert, andererseits hat er damit aber auch eine Waffe in der Hand. Er braucht sich nur einmal umzudrehen und kann mich mit dem Feuerlöscher einsprühen. Ich muss den Überraschungseffekt nutzen.

Der Gorilla ist nur noch wenige Meter vom Feuer entfernt. Schon zieht er den Sicherheitshaken aus dem Feuerlöscher.

Ich schleiche mich von hinten an ihn heran, hole aus und will ihm das Stuhlbein über den Schädel ziehen.

Doch in bin kleinwüchsig und er ein Riese. Nicht von ungefähr haben wir ihn immer den Gorilla genannt. Ich reiche gar nicht richtig an seinen Kopf heran. Ich muss hochspringen und im Sprung zuschlagen. In dem Moment dreht er sich. Ich verfehle ihn mit meinem Schlag und treffe nur halb sein Genick, halb seine Schulter.

Der Gorilla holt aus und erwischt mich voll mit seiner Pranke. Ich fliege gegen den brennenden Gartenstuhl, kann mich mit einer blitzschnellen Drehung aus dem Feuer herauswinden, schnappe mir in der nächsten Bewegung den brennenden Gartenstuhl an der Lehne, die noch nicht in Flammen steht, und schleudere ihn auf den Gorilla zu.

Volltreffer!

Der brennende Stuhl landet in seinem Gesicht. Durch sein instinktives Abwehrverhalten lässt er den Feuerlöscher fallen, rutscht auf dem feuchten Boden des Schiffsdecks aus und knallt auf den Rücken.

Ich stürze auf ihn, allerdings ohne das Stuhlbein, das mir im Sturz aus der Hand geglitten ist. Wir beide krachen erneut zu Boden. Ich will mir den Feuerlöscher als neue Waffe schnappen.

Doch kaum krieg ich die schwere Flasche zu fassen, hat der Gorilla sich schon wieder aufgerappelt. Er packt mich am Kragen, zieht mich zu sich heran, greift mich nun an einem Arm und einem Bein und – wirft mich mit aller Kraft quer über die Reling von Bord!

Noch immer den Feuerlöscher in meinen Händen, klatsche ich schreiend ins Wasser.

VERFOLGUNG

Shiona hat mir den Ort mitgeteilt, an dem Sophie gefangen gehalten wurde. Dorthin soll ich kommen, damit wir uns gemeinsam auf die Suche nach Robert – den wir YOUNG AGENTS immer den Gorilla nennen – und Sophie machen.

Natürlich konnte ich Shiona nicht sagen, dass ich längst an dem Ort bin, nur auf der anderen Straßenseite. Deshalb muss ich jetzt noch eine kleine Pause einlegen, ehe ich hinüber zu dem Versteck laufe, damit Shiona denkt, ich käme von irgendwo aus der Stadt. Diese Wartezeit wird für Naomi und mich unerträglich. Denn wir beide wissen, dass es womöglich auf Sekunden oder Minuten ankommt, wenn wir Tim und Sophie retten wollten. Aber es nützt nichts. Auch bei dieser Rettungsaktion dürfen wir nicht riskieren, uns als Agenten zu verraten. Also bleiben wir noch eine Zeit lang ungeduldig in Deckung, starren auf unsere Uhren und haben das Gefühl, die Zeit würde gerade stehen bleiben.

»Wie viel Zeit ist bei dir vergangen seit dem Telefonat?«, frage ich Naomi.

»Eine Minute, wie bei dir auch«, antwortet Naomi.

»Mist!«, sage ich. »Ich hatte gehofft, meine Uhr wäre kaputt.«

Naomi lacht kurz auf.

»Geduld ist eine der Grundtugenden von Agenten«, belehrt sie mich. Das darf sie auch. Schließlich ist sie meine Tutorin. Jeder von uns drei neuen YOUNG AGENTS hat ja je einen von den älteren als Betreuungsperson zugesprochen bekommen. Bei mir ist es Naomi.

»Dann bin ich wohl eine schlechte Agentin«, sage ich. »Denn ich bin total ungeduldig. Zumindest in Situationen wie dieser.«

»Das sind wir alle«, behauptet Naomi. »Darum geht's ja gerade. Lernen, sich zu beherrschen und ruhig und besonnen vorzugehen.«

»Schon klar«, sage ich. Und denke, dass das ausgerechnet Naomi sagen muss. Ist sie es nicht, die sofort Vollgas gibt, sobald sie nur in einem Auto sitzt?

Wieder sehe ich auf die Uhr. Die Sekunden wollen einfach nicht verrinnen.

»Fünfzehn Minuten sollten wir schon ausharren«, sagt Naomi.

Und damit hatte sie recht. Eineinhalb Minuten haben wir schon.

Wir nutzen die Wartezeit, um hinüber auf die andere Straßenseite zu schauen, wo wir aus unserer Deckung heraus Shiona beobachten können, die eine Reihe von Telefonaten mit ihrem Smartphone führt.

Dann ist es endlich so weit.

»Ich denke, du kannst jetzt hinübergehen«, sagt Naomi zu mir.

Während ich die Straße überquere, geht Naomi zum Wohnmobil. Ich trage ein Mikro und einen GPS-Sender bei mir. Im Moment können und müssen wir das Risiko eingehen, erwischt zu werden, aber wir schätzen es als sehr gering ein. Shiona vertraut mir und wird mich nicht überprüfen.

Als ich bei Shiona ankomme, hat sie – wie erhofft – sofort eine Ahnung, wie und womit Robert mit Tim und Sophie abgehauen sein könnte.

»Mit unserem Boot, wir haben nicht weit von hier eines auf der Bille liegen«, teilt sie mir mit. »Ich bin mir ganz sicher! Einen besseren Unterschlupf gibt es kaum. Komm mit!«

Shiona und ich steigen wieder in die selbstfahrende Limousine und machen uns auf den Weg zum Anleger.

Dann hat Billy mit seiner Vermutung also richtiggelegen. Leider weiß ich nicht, ob er schon ein Boot gefunden hat, um die Verfolgung aufzunehmen.

Als wir am Ufer ankommen, fühlt Shiona sich sofort bestätigt. »Wie ich es mir gedacht habe. Siehst du?«

Aber ich sehe nichts.

»Eben!«, bestätigt Shiona. »Dort, an der Stelle, liegt das Hausboot. Normalerweise. Aber es ist weg. Robert ist mit dem Hausboot auf und davon.«

»Ein Hausboot?«, frage ich verwundert nach. »Das ist aber irgendwie ein schlechtes Fluchtfahrzeug.«

Shiona sieht mich schräg an.

»Wieso Fluchtfahrzeug?«, fragt sie. »Robert will doch nicht fliehen. Er will das Mädchen über Bord werfen. Wenn die Polizei das Mädchen findet, wird sie einen Unfall vermuten. Nur der Richter wird wissen, wer wirklich schuld ist am Tod des Mädchens, und seine Rache an meinem Vater auslassen: mehrfach lebenslänglich! Robert kann sich dann in Ruhe den Posten meines Vaters schnappen. Als Chef des Clans.«

»Über Bord werfen?« Obwohl uns dieser perfide Plan ja mittlerweile bekannt ist, erschreckt es mich dennoch. Vor allem auch, wie gefühllos Shiona davon erzählt.

»Und Tim?«, frage ich mit einem dicken Kloß im Hals.

»Tim?«, fragt Shiona, als ob ihr erst jetzt wieder einfällt, dass der ja auch mitentführt wurde. »Ach so, ja. Klar, der auch.«

»Was: der auch?« Ich kann es wirklich nicht glauben!

»Na, der geht mit über Bord. Was denkst du denn?«, erläutert Shiona weiter so sachlich, als würde sie mir gerade eine Matheaufgabe aus der Schule erklären.

Mir stockt der Atem. Noch einmal wird mir bewusst, wie ernst die Lage ist und wie wenig Zeit wir haben.

»Das bedeutet, wir müssen in diese Richtung suchen«, sagt Shiona. Sie zeigt dorthin, wo man über die Bille zur Elbe kommt.

»Suchen?«, frage ich. »Womit?«

Shiona zeigt auf ein Motorboot, das nicht weit entfernt an einem Anleger festgemacht ist.

»Das ist auch eures?«, frage ich verwundert.

»Nein«, antwortet Shiona.

Zu meinem Entsetzen zieht sie plötzlich eine Pistole aus der Jacke, lädt sie einmal mit einem lauten metallischen Klicken durch und sagt: »Aber ich bin sicher, man wird es uns leihen!«

»Eine Pistole?«, frage ich und hoffe, dass meine Stimme dabei nicht allzu sehr zittert.

»Hast du ein Problem damit?«, fragt Shiona.

Ihr Blick ist hart und eisig geworden.

»N...nein«, stottere ich.

»Gut!«, sagt Shiona. Und marschiert voran.

Ich verlasse mich darauf, dass Naomi und Balu alles mitgehört haben und das Richtige tun werden. Vor allem, dass Billy wie wir ein geeignetes Boot entdeckt hat, mit dem er sich auf die Suche macht. Außerdem gehe ich davon aus, dass Charles in seiner Drohne sofort versucht, das Hausboot zu orten, und das SEK verständigt, wenn er fündig wird. Ich kann nur hoffen, dass das SEK dann eher am Hausboot ist als wir, um Sophie und Tim zu befreien.

Denn ich befürchte, wenn wir zuerst da sind, wird Shiona zuerst den Gorilla kaltmachen und anschließend Sophie erneut gefangen nehmen. Ob Shiona mich dann dabeihaben will und es mir gelingt, den neuen Aufenthaltsort von Sophie zu erfahren, ist noch längst nicht ausgemacht.

Wir haben Glück. Vom Besitzer des Motorboots ist weit und breit nichts zu sehen. Ich bin erleichtert, denn ich weiß wirklich nicht, wie weit Shiona gegangen wäre, um das Boot zu stehlen.

Wir springen ins Boot hinein. Ich habe nicht die geringsten Zweifel, dass Shiona in der Lage ist, den Motor kurzuschließen und zu starten, ganz so wie bei einem Autodiebstahl.

Ob es Billy ebenso gelungen ist?

Ich behalte recht. Ein paar kleine Handgriffe von Shiona, und der Motor springt an.

»Mach die Leinen los«, befiehlt sie mir.

Ich springe wieder aus dem Boot heraus, löse die beiden Leinen, mit denen das Boot vorn und hinten festgemacht ist, und hüpfe wieder ins Boot hinein.

Als ich lande, schaue ich unbemerkt hinauf in den Himmel, aber von Charles in seiner Drohne kann ich im Moment noch nichts entdecken, was mich sehr beunruhigt. Einerseits ist es ja gut und richtig, dass Charles sich verdeckt hält, um nicht gesehen zu werden. Andererseits gibt es hier nicht wirklich etwas Geeignetes, wohinter man sich verdeckt halten könnte. Das heißt: Wenn Charles in der Nähe wäre, müsste ich ihn eigentlich auch sehen können.

Shiona gibt Gas und braust los. Und zwar so abrupt, dass ich mich schnell am nächstbesten Griff festhalten muss, um nicht über Bord zu gehen.

»Setz dich besser hin«, warnt Shiona mich.

Ich folge ihrem Rat und setze mich auf die kleine Sitzbank am Heck. Wir düsen über das Wasser. Links und rechts sehe ich einige süße Hausboote. Dort, wo gerade Menschen an

Bord sind, unterbrechen sie ihre Tätigkeiten, sehen uns nach und schütteln verständnislos die Köpfe, weil wir übers Wasser peitschen, als müssten wir ein Rennen gewinnen.

Aber das müssen wir ja auch. Und zwar ein Rennen um Leben und Tod.

»Siehst du schon etwas?«, frage ich Shiona.

Sie zeigt mit einer Hand nach vorn, während die andere Hand am Lenkrad bleibt. »Dort!«

Ich halte mir die flache Hand vor die Stirn wie den Schirm einer Kappe und erkenne nun, was Shiona meint. Einige Hundert Meter vor uns steht ein Hausboot in Flammen!

»Du meine Güte!«, rufe ich. »Meinst du, das sind sie?«

»Es würde mich wundern, wenn ausgerechnet hier und jetzt ein anderes Hausboot mitten auf dem Fluss brennen würde«, entgegnet Shiona. »Haben wir ein Fernglas an Bord?«

Ich sehe mich um, öffne hektisch ein paar Schubladen und Schranktüren, finde aber nichts.

»Nein!«, antworte ich.

Shiona kneift die Augen zusammen, um so vielleicht etwas mehr erkennen zu können, und ruft plötzlich: »Doch, das sind sie!«

Sie lässt das Lenkrad los, zieht erneut ihre Waffe aus der Tasche und fragt mich: »Kannst du das Boot fahren?«

»Ich? Äh…« Natürlich kann ich ein Motorboot fahren; sehr gut sogar. Aber darf ich das gegenüber Shiona offenbaren? »Ich denke schon. Ich kann's versuchen.«

Mit knappen Worten erläutert Shiona mir die wichtigsten

Funktionen: vorwärts, rückwärts, mehr Gas geben, Gas drosseln.

»Los, gib Vollgas!«, fordert sie.

»Mach ich ja!«, versichere ich ihr.

Aber wir werden langsamer. Der Motor beginnt zu stottern.

»Nach vorn den Hebel!«, schnauzt Shiona mich an. »Nach vorn! Was machst du denn?«

Sie schubst mich beiseite, übernimmt das Ruder wieder und stellt dann fest, dass ich die Wahrheit gesagt habe. Ich hatte den Hebel ganz nach vorn gedrückt: Vollgas!

»Scheiße!«, flucht Shiona.

Es ist offensichtlich. Wir haben keinen Sprit mehr. Shiona hat ein Motorboot mit leerem Tank geklaut.

»Los, such mal, ob es an Bord einen Ersatzkanister gibt!«, fordert sie. »Es gibt bestimmt einen. Los, such mit!«

Wir beide kriechen auf dem Boden herum, öffnen jede Klappe, jedes Türchen, jede Schublade, die wir auf diesem kleinen Motorboot finden. Und dann: tatsächlich. Hinter einem kleinen Türchen unter der hinteren Sitzbank entdecke ich einen Benzinkanister. Gerade will ich nach ihm greifen, da geht mir durch den Kopf, ob es wirklich so klug ist, wenn wir den Tank auffüllen und das brennende Hausboot erreichen. Denn auf einen Schlag wird mir klar, dass das Hausboot doch ganz sicher nicht zufällig und von selbst in Brand geraten ist. Nein, Tim ist an Bord. Vielleicht hat er keine andere Möglichkeit gesehen, sich vor dem Gorilla zu retten, als ein Feuer zu legen. Möglicherweise findet an Bord gerade ein Kampf statt. Dann müsste man natürlich sofort hin und ihm helfen. Aber nicht ich mit Shiona. Sondern Charles. Oder Billy. Und das SEK.

Ich klappe also die Tür wieder zu und rufe Shiona zu: »Hier ist auch nichts! Wir haben keinen Ersatztank!«

Shiona flucht fürchterlich. »Das gibt's doch nicht! Wie kann man denn ein Motorboot haben ohne Sprit und Ersatzkanister? Ausgerechnet so ein Boot muss ich mir schnappen. Verdammt. Verdammt!«

Wie ein Tiger im Käfig rennt Shiona nervös und aufgeregt an Bord unseres kleinen Bootes hin und her.

»Was machen wir denn jetzt, verdammt?«

RETTUNG IN LETZTER SEKUNDE

Ich tauche aus dem Wasser auf und sehe, wie das Hausboot mehr und mehr Feuer fängt und am Heck schon lichterloh brennt. Zum Glück hat das Wasser hier keine starke Strömung. Solche Binnenflüsse können tückisch sein, aber es fällt mir nicht schwer, mich an derselben Stelle zu halten.

Der Gorilla rennt nervös hin und her, weiß im Moment nicht so recht, was er tun soll. Ich habe den Feuerlöscher über Bord geworfen, jetzt weiß er nicht, wie er das Feuer löschen soll.

Eben hat er einen Putzeimer am Seil ins Wasser geworfen, einmal kurz durchgezogen und dann den vollen Eimer auf die Flammen geschüttet. Aber das Feuer ist dank des Lampenöls und des morschen Holzes des alten Gartenstuhls schnell zu groß geworden, die Flammen sind übergegriffen auf das alte Holz, das in dem Gerümpel lag, züngeln jetzt schon an den Holzaufbauten des Hausboots. Ich sehe, wie Sophie weinend an Bord steht und der Gorilla gerade einen zweiten Eimer Wasser aus dem Fluss schöpfen will. Doch dann hält er inne, lässt den Eimer zu Boden sinken und stampft auf Sophie zu.

Sophie aber merkt sofort, dass dies kein Spiel ist und der Gorilla auf jeden Fall nichts Gutes von ihr will. Sie kreischt, schreit auf und rennt vor ihm weg.

Der Gorilla läuft hinterher, will das Mädchen packen, bekommt es auch um ein Haar zu fassen. Doch der Gang rund um den Hausaufbau auf dem Boot ist eng. Der Gorilla ist gegen irgendetwas getreten. Es scheppert und kracht. Im nächsten Moment stürzt er zu Boden.

Sophie kann ihm entkommen, rennt zum Bug. Aber das ist ein Fehler. Am Bug geht es nicht weiter. Im Kreis hätte sie laufen müssen, immer um den Hausaufbau herum, dann hätte sie eine Chance.

Ich rufe ihr zu, hebe meinen rechten Arm aus dem Wasser und mache mit der Hand kreisende Bewegungen. Aber Sophie sieht mich nicht. Sondern nur, wie der Gorilla sich aufgerappelt hat und wieder auf sie zuläuft, während sich das Feuer am Heck immer weiter ausbreitet.

Sophie hat ihren Fehler jetzt bemerkt. Sie muss vom Bug weg!

Aber sie läuft nun direkt auf den Gorilla zu. Warum macht sie das? Ist sie verrückt geword…? Doch in letzter Sekunde schlägt sie einen Haken, duckt sich halb unter dem ausgestreckten Arm des Gorillas hindurch, mit dem er sie greifen wollte.

Der Gorilla fasst ins Leere.

Sophie entkommt ihm zum zweiten Mal. Nun läuft sie auf der von mir abgewandten Seite des Boots zum Heck. Der Gorilla aber rennt diesmal nicht hinterher, sondern dreht um, sodass er ihr am Heck entgegenkommt. Sie wird ihm in die Arme laufen. Wenn er sie erwischt und über Bord wirft wie mich, sind wir gerettet. Denn erstens nehme ich an, Sophie kann schwimmen. Doch selbst, wenn nicht, wäre ich zur Stelle und könnte sie sicher an Land ziehen. Das aber wird der Gorilla sich auch denken. Deshalb wird er sie nicht einfach ins Wasser werfen, sondern sie vorher niederschlagen oder Schlimmeres. Ich muss dorthin und ihr helfen.

Bisher bin ich Brust zum Boot geschwommen, um das Geschehen weiter beobachten zu können. Doch jetzt bleibt keine Zeit. Ich kraule nun weiter. Zehn Züge, dann blicke ich wieder kurz auf und sehe – Sophie oben auf dem Dach des Hausaufbaus stehen. Gut gemacht, Sophie!

Der Gorilla irrt umher. Noch hat er sie da oben nicht entdeckt.

Aber jetzt hat er sie gesehen.

Das Feuer hat mittlerweile fast das gesamte Heck erfasst. Das Boot steht nun lichterloh in Flammen.

Der Gorilla hievt sich am Dach hoch, klettert und zieht sich das letzte Stück hinauf.

Jetzt ist er oben.

Sophie aber ist auch noch dort. Sie findet keinen Weg herunter.

Verdammt.

Ich habe das Boot erreicht, komme aber nicht hinauf. Ich bin zu klein. Mist!

Ich sehe mich um, sehe vorn am Bug zwei alte Autoreifen, die als Fender dienen. Ich schwimme dorthin, bekomme einen der Reifen zu fassen, kann daran hochklettern, steige in einen Reifen hinein, benutze ihn nun als Fußtritt, über den ich mich weiter hinaufhieven kann, kann mich an der Reling festhalten, ziehe mich hoch und – bin an Deck!

Ich höre Sophie kreischen und schreien und renne zum Heck, muss dabei über allerlei Gerümpel steigen und klettern.

Kurz bevor ich hinten ankomme, sehe ich, wie der Gorilla mit einem gepflegten Köpfer über Bord springt.

Wieso?

An den aufsteigenden Luftblasen erkenne ich, wie er einige Meter dicht unter der Wasseroberfläche entlangschwimmt, dann auftaucht und den Weg Richtung Ufer einschlägt.

Und Sophie? Wo ist Sophie?

Ich schaue mich um, höre sie schreien, sehe sie aber nirgends.

Dann begreife ich. Sie ist unter Deck!

Ich renne zur Tür, will sie aufziehen, aber sie ist abgeschlossen.

Der Gorilla hat Sophie eingesperrt und ist von Bord gegangen. Offenbar soll das kleine Mädchen mitsamt dem brennenden Boot untergehen.

Hat der sie noch alle? Das kann man doch nicht machen!

Ich rüttle an der Tür. Vergeblich.

Ich will dagegentreten, aber ich lasse es. Es ist eine alte massive Holztür. Sehr wahrscheinlich fehlt mir die Kraft, sie aufzukicken. Bestenfalls verziehe ich die Tür nur in ihren Angeln, sodass sie sich enggültig verklemmt und gar nicht mehr aufgeht.

Ich kann Türen öffnen. Aber dazu bräuchte ich mein Werkzeug. Doch ich habe nichts bei mir. Gibt es hier einen Draht?

Ich sehe mich um.

Hinter mir breitet sich das Feuer immer weiter aus. Mir wird schon heiß. Ich muss aufpassen, dass meine Klamotten nicht in Brand geraten.

Da! Auf dem Boden steht ein Windlicht. So ein altmodisches mit Türchen und Haltebügel. Der Haltebügel ist aus Draht! Ich schnappe mir die Laterne, reiße den Bügel ab, biege mir den Draht zurecht.

Ruhe bewahren! sage ich mir selbst. Nur nicht nervös werden. Dann dauert alles viel länger als nötig. *Ruhe! Ruhe bewahren!*

Jetzt habe ich den Draht so weit. Ich stecke ihn ins Schloss.

Hinter mir gibt es einen Knall. Irgendeine Verpuffung.

Ich ducke mich weg.

Was war das denn? Ein Kanister vielleicht? Vielleicht eine Flasche mit Lampenöl? Auf die Verpuffung folgte eine relativ große Stichflamme, die noch mehr in Brand gesetzt hat. Gleich hat das Feuer die Tür erreicht, die ich gerade öffnen will.

RUHE BEWAHREN!

Von innen schreit Sophie um Hilfe.

Ich stecke mit zittrigen Händen den Draht ins Schloss.

Ruhe bewahren!

Ich fummle mit dem Draht im Schloss herum.

Doch es öffnet sich nicht.

Zweiter Versuch.

Wieder eine Verpuffung. Noch eine Stichflamme. Was ist da los?

Dann ahne ich es. Könnte es sein, dass der Motor hier hinten liegt, direkt unter dem Deck? Eine Bodenklappe deutet darauf hin. Wenn da wirklich der Motor sitzt, dann ist der Tank vermutlich nicht weit entfernt. Zumindest die Benzinleitung führt zum Motor. Vielleicht hat sich das Feuer schon unters Deck gefressen, in den Maschinenraum. Zum Tank!

Noch einmal drehe ich den Draht.

Klack!

Die Tür öffnet sich.

Ich reiße sie auf.

Sophie kommt mir schreiend und weinend entgegen. Sie fällt mir in die Arme.

»Alles gut«, flüstere ich ihr beruhigend ins Ohr.

Jetzt müssen wir fort von hier.

Sofort.

»Keine Angst!«, sage ich ihr. »Wir springen ins Wasser. Da sind wir sicher! Kannst du schwimmen?«

Sophie nickt.

»Aber nicht gut«, fügt sie hinzu.

»Macht nichts!«, antworte ich ihr. »Ich bin ein Superschwimmer!«

Was gelogen ist.

»Ich rette dich!«

Was nicht gelogen ist.

Ich halte Sophie fest in meinen Arm, will sie zur Reling tragen, aber das gelingt nicht.

Denn Sophie ist mit ihren acht Jahren im Prinzip so groß wie ich als – fast – kleinwüchsiger Elfjähriger.

Also setze ich Sophie neben mir ab.

»Wir springen zusammen ins Wasser, okay? Traust du dich das?«

Sophie schüttelt mit dem Kopf. »Nein!«

»Macht nichts«, sage ich. »Das schaffen wir schon! Ich trau mich das auch nicht. Eigentlich. Aber der Mann hat mich eben ins Wasser geworfen. Und soll ich dir was sagen? Das hat sogar Spaß gemacht. Wir machen das zusammen, okay?«

»Okay!«, sagt Sophie. »Ist wohl unsere einzige Rettung.«

»Ja, genau!«, sage ich. Das kindliche Gequatsche hätte ich mir sparen können. Sophie weiß genau, worum es geht.

Wir rennen zur Reling. Klettern darauf.

»Bei drei!«, rufe ich ihr zu.

»Eins … zwei …«

Bei »drei«, knallt es hinter uns. Irgendetwas ist in die Luft geflogen.

Mit der Explosion springen wir Händchen haltend zusammen ins Wasser.

Wir lassen nicht los. Weiterhin Hand in Hand tauchen wir gemeinsam auch wieder auf.

Vor uns steht nun das gesamte Hausboot in Flammen.

Und doch höre ich ein surrendes Geräusch, das dort nicht hingehört.

Ich sehe hoch: Über uns kreist Charles' Drohne.

Sie ist eigentlich nur für einen Erwachsenen ausgelegt. Aber zwei Kinder passen auch hinein. Und wenn sie so klein sind wie Sophie und ich, dann trägt die Drohne auch drei Kinder.

Charles weiß das.

Denn schon surrt uns ein Stahlseil entgegen.

»Kannst du fliegen?«, frage ich.

»Nein«, antwortet Sophie.

»Aber ich!«, behaupte ich und lächle ihr zu. »Kommst du mit?«

»Klar!«, antwortet Sophie.

Charles hat zwei Karabinerhaken ans Seil gebunden.

Einen klemme ich an meinen Gürtel, den anderen an Sophies.

Dann hält Sophie sich an mir und ich mich am Seil fest.

Ich gebe Charles ein Zeichen.

Das Seil beginnt wieder zu surren und zieht uns hoch in die Drohne.

48 Stunden später sitzen wir sechs YOUNG AGENTS beim Prof im Bunker zusammen.

»Gute Arbeit!«, lobt der Prof, der kurz zuvor aus dem Ausland zurückgekehrt ist.

Das war vermutlich das ausführlichste Lob, das er seit Langem ausgesprochen hat.

Unmittelbar nach unserer Rettungsaktion haben wir Sophie bei ihren Eltern anrufen und sie abholen lassen, ohne dass wir dabei selbst in Erscheinung getreten wären. Von Sophie haben wir uns versprechen lassen, dass sie kein Sterbenswörtchen über uns erzählt.

Natürlich können wir das nicht kontrollieren. Aber ich erinnere mich, wie Sophie mir erzählt hat, dass sie viele Kinderkrimis gelesen hat. Wenn sie jetzt ihrem Vater erzählt, eine tapfere Kindergruppe hätte sie befreit, werden ihre Eltern das vielleicht auf ihre Fantasie oder ihren Schock zurückführen und sich vielleicht ein bisschen wundern, aber bestimmt nicht auf den Gedanken kommen, dass es wirklich Kinderagenten in Deutschland geben könnte.

Einige Tage später bewahrheitet sich Shionas Befürchtung. Der Richter ist so entsetzt und wütend über das, was die Bande seiner Tochter angetan hat, dass sowohl Shionas Vater als auch der »Boss« zu je dreimal lebenslänglich verurteilt werden.

Trotzdem wird der Plan des Gorillas nicht aufgehen. Denn der ist verschwunden. Wahrscheinlich hat er sich schwimmend vor dem brennenden Boot ans Ufer gerettet und ist dann untergetaucht. Wegen Sophies Aussage gegenüber ihrem Vater, dem Richter, wird er nun von der Polizei gesucht. Und vor Shiona und ihrer Bande muss er ohnehin fliehen: Die ist wegen Verrats hinter ihm her.

Denn auch Shiona ist nach dem Vorfall die Flucht gelungen. Sie ist untergetaucht.

Vermutlich ist Shiona – wie sie ja auch angekündigt hatte – auf die Jacht ihres Vaters in Paris geflüchtet. Aber das müssen wir erst noch herausbekommen.

Denn diesen Fall haben wir zwar gelöst. Aber keiner von uns zweifelt daran, dass Shiona bald zurückkehren wird. Abena ist Shionas neuer, äußerst junger Führungsriege ja schon einmal kurz begegnet. Mit ihr wird die Bande sicher weitermachen.

Doch dann werden wir wieder zur Stelle sein.

Wir, die YOUNG AGENTS – NEW GENERATION.

Ende

Der Autor

Andreas Schlüter wurde 1958 in Hamburg geboren, machte dort auch Abitur und eine Kaufmannslehre. Er leitete mehrere Jahre Kindergruppen in sozialen Brennpunkten und gründete 1989 ein Journalistenbüro, über das er Reportagen für Zeitungen schrieb und später als Nachrichtenredakteur fürs Fernsehen arbeitete.
Mit »Level 4 – Die Stadt der Kinder« gelang Schlüter 1994 der Durchbruch als Schriftsteller. Er hat mittlerweile über hundert Kinder- und Jugendbücher geschrieben und arbeitet seit 2003 immer wieder auch als Drehbuchautor.